Bianca™

Lynn Raye Harris

Revelaciones en la noche

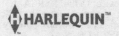

HARLEQUIN™

Editado por HARLEQUIN IBÉRICA, S.A.
Núñez de Balboa, 56
28001 Madrid

© 2012 Lynn Raye Harris
© 2014 Harlequin Ibérica, S.A.
Revelaciones en la noche, n.º 2328 - 13.8.14
Título original: Revelations of the Night Before
Publicada originalmente por Mills & Boon®, Ltd., Londres.

I.S.B.N.: 978-84-687-4485-8
Depósito legal: M-14913-2014
Editor responsable: Luis Pugni
Impresión en Black print CPI (Barcelona)
Fecha impresion para Argentina: 9.2.15
Distribuidor exclusivo para España: LOGISTA
Distribuidor para México: CODIPLYRSA
Distribuidores para Argentina: interior, BERTRAN, S.A.C. Vélez
Sársfield, 1950. Cap. Fed./ Buenos Aires y Gran Buenos Aires,
VACCARO SÁNCHEZ y Cía, S.A.

Capítulo 1

NO PODÍA estar embarazada. A Valentina D'Angeli le temblaban los dedos mientras examinaba el test de embarazo. Pero la línea azul no dejaba lugar a dudas. Iba a tener un bebé.

Era una locura, imposible de creer, y sin embargo...

Un escalofrío la recorrió por dentro. La noche del baile de máscaras había sido la más salvaje de toda su vida. Por una vez se había soltado el pelo y se había propuesto ser la persona que jamás había podido ser. Se había convertido en un espíritu libre capaz de acostarse con un hombre y dejarle a la mañana siguiente sin una pizca de remordimiento.

Por una noche, se había propuesto ser atrevida y seductora. Quería experimentar la pasión y superar la timidez de una vez por todas. Quería ser como las mujeres de su edad, sofisticadas y expertas.

Tina dejó el test boca abajo y abrió otro. Seguramente, el primero había salido mal. El segundo le daría la respuesta correcta.

Se suponía que era una buena idea. Sin embargo, ni siquiera el anonimato de la máscara le había servido para relajarse tanto como quería su amiga Lucia.

—Necesitas ligar con alguien, Tina —le había dicho Lucia.

En aquel momento se había sonrojado, y le había dado la razón, tartamudeando. Era cierto. Ya era hora de dejar de ser una virgen de veinticuatro años. Pero no era fácil. Había intentado flirtear, bailar, ser libre. Su compañero de baile la atraía hacia sí. Olía a ajo y a menta.

No podía hacerlo.

Se había apartado de él y había salido corriendo, rumbo al muelle. Allí todo estaba más tranquilo. Hacía fresco y el aire de Venecia era como un bálsamo.

Y entonces había aparecido él. No era el hombre con el que estaba. Era el hombre al que iba a entregarse antes de que terminara la noche, alto y elegante, vestido de negro. Llevaba una máscara de seda que le ocultaba los ojos.

La había hechizado. Le había hecho el amor con ternura. Todo había sido perfecto.

—Sin nombres —le había dicho al oído en un momento dado—. Sin rostros.

Valentina estaba de acuerdo. Por eso era mágico. Y, sin embargo, al terminar, hubiera querido conocerle, pero sabía que no era posible. A veces era mejor no saber, no enterarse de nada.

La luz de la luna se colaba entre las cortinas e iluminaba al hombre que dormía a su lado.

Quería quitarle la máscara y no podía resistirse...

Lo había hecho finalmente, y el corazón se le había parado un instante.

Se recordaba a sí misma, de pie en aquella habitación de hotel. Se le había encogido el estómago. De entre todos los hombres con los que podía haberse topado...

Se había puesto la ropa a toda velocidad y había salido huyendo como una cobarde.

–Muy bien –se dijo, esperando la respuesta del segundo test.

El destino quería gastarle una broma de mal gusto. Quería castigarla por haber compartido una noche de desenfreno con un hombre al que jamás debería haber conocido. ¿Qué clase de mujer se entregaba a un hombre al que ni siquiera conocía?

«Pero sí que le conoces. Siempre le has conocido. Siempre le has querido».

Tina se mordió el labio inferior. El corazón le latía sin ton ni son. Los segundos pasaban.

Y entonces llegó la respuesta, tan clara como la primera.

Embarazada.

–Ahí fuera hay una mujer, señor –dijo el hombre en un tono de disculpa.

Niccolo Gavretti, el *marchese di Casari*, se volvió hacia el maître del exclusivo restaurante de un hotel de Roma.

Siempre se trataba de una mujer. Las mujeres eran su hobby favorito, cuando no le pedían más de lo que podía dar, o cuando no pensaban que les debía algo por haberse acostado con ellas.

No.

Amaba a las mujeres, pero a su manera.

–¿Dónde está? –preguntó, en un tono de hastío.

–No quiere entrar, señor.

–Entonces, no es mi problema –dijo Nico, haciendo un gesto de desprecio.

–Como desee, señor –dijo el maître, haciendo una reverencia.

Nico siguió leyendo el periódico. Había ido al hotel esa mañana para desayunar con un socio, pero se había quedado a tomar un café al terminar la reunión. No esperaba verse asaltado por una mujer, pero tampoco le sorprendía. Una mujer decidida era una fuerza a tener en cuenta.

Unos segundos más tarde, regresó el maître. Tenía la cara roja.

–Señor, discúlpeme.

Nico dejó el periódico. Se le estaba acabando la paciencia. Tenía demasiadas cosas en la cabeza, por no mencionar el desastre que su padre le había dejado en herencia.

–¿Sí, Andres?

–La señorita dice que tiene que hablar con usted urgentemente, pero que no puede hacerlo en un lugar público. Le pide que vaya a su habitación.

Nico estuvo a punto de poner los ojos en blanco, pero se aguantó las ganas. Antes de la muerte de su padre, había llegado a ser uno de los corredores de motos más importantes del mundo. Había ganado el campeonato del mundo unos meses antes.

Se sabía todos los trucos que una mujer podía utilizar para llamar su atención. Había sido el objetivo de los ardides femeninos en muchas ocasiones a lo largo de su vida. A veces les seguía la corriente porque era divertido.

Pero ese día no estaba dispuesto a hacerlo.

–Por favor, dile que va a tener que esperar durante mucho tiempo –dijo en un tono calmado. Se miró el reloj–. Me temo que tengo una reunión en otro sitio.

El maître tenía una extraña expresión en el rostro, una mezcla de incomodidad y... entusiasmo.

–Me dijo que, si se negaba, le diera esto, señor.

Le entregó un sobre. Nico titubeó. Le enfurecía jugar a un juego que no conocía, pero también estaba intrigado. Abrió el sobre. Una tarjeta profesional cayó al suelo. Era blanca, sencilla. Había una *D* impresa en una esquina con una letra elegante y estilizada.

Sin embargo, lo que le atravesó como el filo de un puñal fue el nombre que estaba escrito en la tarjeta.

Valentina D'Angeli.

El latigazo de la furia reverberó por todo su cuerpo. El hermano de Valentina, Renzo D'Angeli, había sido su rival en las pistas, y era su enemigo en los negocios.

Pero, en otro tiempo, había sido su amigo. Habían trabajado juntos para diseñar una moto que iba a revolucionar el mundo del motociclismo, pero todo se había desmoronado en medio de una tormenta de acusaciones y traición.

Hacía mucho tiempo de eso, pero las heridas de Nico sangraban como el primer día.

Leyó el nombre una vez más y trató de recordar a aquella adolescente, Valentina D'Angeli. Ya tenía que ser toda una mujer.

Veinticuatro años.

Esa debía de ser su edad. No había vuelto a verla desde la última vez que había estado en la casa de los D'Angeli. Valentina era una niña muy dulce, pero terriblemente tímida. Renzo no soportaba el retraimiento de su hermana. Quería enviarla a un internado cuando tuviera dinero. Pensaba que una educación exclusiva era la solución a sus problemas.

Nico había intentado convencerle para que no lo hiciera. Él sabía lo que era vivir en un internado, sentirse solo, pensar que sus padres estaban mejor sin él.

Frunció el ceño. Sus pensamientos no andaban muy lejos de la realidad por aquel entonces, pero eso no lo había sabido hasta muchos años más tarde.

Esa educación tan exclusiva sí le había servido para algo, no obstante. Y seguramente debía de haber convertido a Valentina en una persona completamente distinta de aquella niña que recordaba.

¿Pero qué hacía en el hotel en ese momento?

Nico le dio la vuelta a la tarjeta. *Habitación 386*, leyó.

Cerró el puño. Debía marcharse. Debía salir por la puerta y olvidar la tarjeta que tenía en la mano.

Pero no podía hacerlo. Quería saber qué quería de él. Renzo debía de haberla enviado, pero... ¿con qué propósito? No había vuelto a ver a Renzo desde aquella carrera de Dubái, la primera del circuito del Grand Prix. Renzo había dejado las carreras después de aquel campeonato. Se había casado con su secretaria, vivía en el campo y había tenido un hijo con ella.

Nico sintió que se le helaba la sangre en las venas. Renzo había abandonado el mundo de las carreras, pero no el de las motos. Seguían siendo rivales en los negocios y debía de querer algo muy importante si había sido capaz de enviar a su hermana para conseguirlo.

Tina estaba junto a la ventana, nerviosa. Veía cómo se movían los coches que pasaban por la calle.

No sabía si él iba a aparecer. ¿Y si no lo hacía? ¿Se atrevería a ir a su empresa para verle? ¿O acaso debía intentar verle en su casa de campo?

En realidad, tenía más de una casa de campo. Habían pasado casi dos meses desde que le había visto en Venecia y en ese tiempo su padre había fallecido y se había convertido en el *marchese di Casari*, un hombre mucho más importante que aquel que pasaba las horas trabajando en el garaje con Renzo.

¿Se dignaría a ir a verla un hombre de su estatus? Renzo y él habían sido enemigos durante mucho tiempo. Seguramente, ya ni se acordaría de ella. En el pasado había sido una chica tímida y discreta que se colaba en el garaje y les observaba en silencio. No era nada reseñable.

Pero había pasado toda una vida y allí estaba de nuevo, embarazada de él. Tina respiró profundamente. ¿Cómo había pasado algo así? Solo había sido una noche, una noche hermosa y erótica en la que se había comportado como otra persona.

Odiaba haber sido tan tímida en la adolescencia. Se había esforzado mucho para ser glamurosa y atrevida, pero en el fondo seguía siendo esa chica retraída y vergonzosa. Solo se había atrevido a salir del cascarón en una ocasión y las consecuencias habían sido fatales.

Si hubiera sabido quién era ese hombre misterioso, habría huido antes. No hubiera sido capaz de dejarse llevar hasta ese extremo de haber sabido que el hombre que la estaba desnudando era el mismo con el que había soñado casi toda su vida.

Cuando tenía catorce años le idolatraba. Él tenía veinte y era tan guapo que le cortaba la respiración. Nunca había sido capaz de relajarse cuando estaba a su lado, aunque siempre fuera amable con ella. Bastaba con una sonrisa suya para hacerla tartamudear.

Y entonces, un día cualquiera, se había colado en el garaje solo para verle, pero él no estaba. Y nunca más había vuelto. Renzo no le había dicho ni una sola palabra al respecto. Había pasado meses encerrada en su habitación por las noches, rezando para que volviera, pero no iba a volver.

De repente, alguien llamó a la puerta. Tina se sobresaltó. Las dudas la asediaron. ¿Había sido buena idea ir al hotel? ¿Debía contarle el secreto?

Él se pondría furioso.

¿Pero cómo no iba a hacerlo? Tenía derecho a saber que iba a ser padre. Tenía derecho a conocer a su hijo. Ella no había llegado a conocer a su padre y su madre se había negado a decirle quién era. Solo se había dignado a decirle que era británico. No podía hacerle eso a su propio hijo, por muy difíciles que fueran las cosas.

Fue hacia la puerta y la abrió antes de cambiar de opinión. El hombre que estaba en el umbral era alto, moreno y muy apuesto, una versión más madura del joven del que se había enamorado años antes. Con solo mirarle, sentía chispas por el cuerpo.

Él la miró de arriba abajo hasta hacerla sonrojarse.

Tina se había puesto una falda con unos tacones altísimos, y llevaba una blusa de seda debajo de la chaqueta. Sabía que tenía un aspecto elegante y profesional, tal y como pretendía. Sin embargo, aquella adolescente tímida se apoderó de ella durante una fracción de segundo.

–¿Valentina? –dijo él.

Había una nota de incredulidad en su voz y una pizca de ese magnetismo sexual que había encontrado irresistible en Venecia. ¿Cómo había podido olvidar su voz a lo largo de los años? Podría haber evitado la situación en la que se encontraba si hubiera sido capaz de recordar ese tono de voz aterciopelado. Le hubiera reconocido antes.

–Sí. Me alegro de verle de nuevo, *signore* Gavretti –le dijo en un tono ligeramente sarcástico.

Tina retrocedió. Sentía el corazón en la garganta. Había pasado una noche de felicidad en sus brazos, pero él ni se acordaba. Casi había llegado a creer que la reconocería cuando la viera. Había pensado que él sabría de alguna manera que ella era la mujer a quien le había hecho el amor aquel día.

Pero no sabía que era ella.

–Entra, por favor.

Él cruzó el umbral y, justo en ese momento, Tina se sintió como si una mano invisible la agarrara del cuello. ¿Qué había hecho? ¿Cómo había llegado a creer que podría manejarle? Apenas había sido capaz de manejarle aquella noche. Había hecho todo lo que él le había pedido, sin reparo ni objeción. Había sido como si esa timidez que la protegía del mundo hubiera dejado de existir de repente.

Tina sintió que la temperatura de su cuerpo subía con solo recordar aquellos momentos. Recordaba la piel contra la piel, la dureza contra la suavidad de su propio cuerpo. ¿Qué iba a pensar de ella cuando se enterara?

Tina ahuyentó los recuerdos y fue hacia el carrito del servicio de habitaciones.

–¿Té? –le preguntó. Le temblaba la mano.

Lo que realmente quería hacer era agarrar un plato y abanicarse con él.

–No.

Tina se sirvió una taza de todos modos y se volvió. Él estaba justo detrás. Al verle tan cerca dio un paso atrás de forma automática. Sus ojos grises la atravesaban. Su expresión era dura y curiosa al mismo tiempo. Tina quería deslizar la mano por su mandíbula, darle un beso tal y como había hecho aquella noche. Parecía que había pasado un siglo desde entonces.

–No me has pedido que suba para invitarme a una taza de té. Dime qué quiere tu hermano y terminemos con esto de una vez.

Tina parpadeó.

–Renzo no sabe que estoy aquí.

Si su hermano hubiera estado al tanto de todo, se habría puesto furioso. Seguramente, hubiera dejado de dirigirle la palabra.

Al final se enteraría, pero primero tenía que decírselo a Nico. Si Renzo llegaba a saber que estaba embarazada, le preguntaría quién era el padre.

Tina dejó la taza de té sobre la mesa y se tocó la frente. Todo era un desastre. De alguna forma tenía que conseguir que las cosas salieran bien.

La sonrisa de Nico no era nada amigable.

–Entonces, ¿vamos a jugar así? Muy bien –la miró de arriba abajo de nuevo–. Te has convertido en una joven encantadora, Valentina. Una gran baza para tu hermano.

Tina hubiera querido echarse a reír, pero no podía hacerlo. No podía demostrarle tanta debilidad. Para Renzo no era un valor añadido. Más bien era una carga. La cuidaba y la quería, pero no era más que un objeto meramente decorativo en la familia para él. Quería trabajar en la empresa de la familia, pero él no se lo permitía.

«Eres una D'Angeli. No tienes que trabajar», le decía.

No tenía que trabajar. Eso era cierto. Pero sí quería hacerlo, y, si su hermano no la contrataba, trabajaría para otros.

Sin embargo, aún albergaba la esperanza de poder convencerle de que D'Angeli Motors era el sitio donde debía estar.

Se había graduado con honores en Contabilidad y Finanzas, pero lo único para lo que le había servido la carrera hasta ese momento era para llevar las cuentas de su fideicomiso y hacer unas cuantas inversiones.

—No tienes ni idea de lo que Renzo tiene en la cabeza últimamente, ¿no? —le dijo en un tono repentinamente afilado.

Él la miró durante una fracción de segundo. Su expresión se endureció. Al parecer, él también se había sorprendido.

—Ya basta de juegos. Dime por qué querías verme o hemos terminado.

—No eras tan brusco en el pasado.

—Y tú no jugabas a esto.

Tina agarró la taza de té y fue a sentarse en el sofá. Bebió un pequeño sorbo con la esperanza de apaciguar las náuseas que le revolvían el estómago. No había sido una buena idea ayunar esa mañana, pero con solo mirar la comida había sentido ganas de vomitar.

—No estoy jugando, *signore*. Es que no sé muy bien por dónde empezar.

—Solías llamarme Nico en el pasado, cuando me hablabas.

Tina recordó la vergüenza que pasaba cuando estaba a su lado. Apenas era capaz de dirigirle la palabra.

Niccolo Gavretti parecía más serio y circunspecto que nunca. Estaba tenso como una vara y la miraba como si fuera un ser insignificante que se había cruzado en su camino en el peor momento.

De repente, Tina sintió unas ganas incontenibles de echarse a reír. Si él supiera lo que estaba a punto de decirle... Estaba histérica, pero no podía sucumbir. Además, muy pronto lo sabría todo. En cuanto lograra pronunciar las palabras adecuadas, la verdad saldría a la luz.

–Hace mucho tiempo de eso. La vida era más sencilla entonces.

Un relámpago de emociones cruzó el rostro de él en ese momento, pero desapareció tan rápido como había aparecido.

–La vida nunca es sencilla, *cara*. Solo nos parece que lo es cuando miramos atrás.

–¿Qué pasó entre Renzo y tú? –las palabras se le escaparon de los labios.

–Dejamos de ser amigos. Eso es todo.

Tina suspiró. Siempre había querido saber por qué había dejado de frecuentar la casa, pero Renzo jamás le había dicho nada. Entonces era demasiado joven como para entenderlo, pero pensaba que iba a ser algo temporal.

No obstante, se había equivocado.

Se le encogió el estómago de nuevo. Se tocó el abdomen, como si pudiera parar las náuseas.

De repente, Nico se agachó ante ella. Sus ojos eran del color de un cielo nublado.

Podía vomitar en cualquier momento.

–¿Qué sucede, Valentina? Tienes... mal color.

Tina se tragó la bilis que le subía por la garganta y trató de beber otro sorbo de té.

–Estoy embarazada –dijo. El corazón se le salía del pecho.

–Enhorabuena –dijo él con sinceridad.

–Gracias –Tina sentía ganas de reírse. Tenía calor, mucho calor.

Un sudor frío le cubría la frente y el labio superior. Dejó la taza de té y se quitó la chaqueta de los hombros. Nico se incorporó para ayudarla y colocó la chaqueta sobre el respaldo de un butacón.

La expresión de su rostro era más suave en ese momento, pero todavía parecía un león enjaulado. Podía sacar las garras en cualquier momento.

Tina cerró los ojos y sacudió la cabeza lentamente.

–¿Quieres que te traiga algo?

–Una de esas galletas.

Él tomó una galleta de vainilla de la mesita del té y se la dio. Tina partió un trozo y empezó a masticar lentamente.

Nico se metió las manos en los bolsillos.

–Si me dijeras qué quieres, acabaríamos con esto rápidamente y cada uno seguiría por su lado.

–Sí. Supongo que sí.

Tina se terminó la galleta y se recostó en el butacón. Parecía que no iba a vomitar esa vez, pero sabía que tenía que comer más.

–No sabía que te habías casado –le dijo él.

Ella le miró de repente.

–No estoy casada.

–Ah.

–No lo tenía planeado, pero tampoco pienso avergonzarme de mi bebé.

–No he dicho que tuvieras que avergonzarte.

Tina no se creía nada de lo que decía. La gente como él, la gente que procedía de una familia muy conservadora, tenía un sentido muy estricto del decoro. En el internado había aprendido bien la lección. Las otras chicas la trataban como si fuera escoria por no tener padre, por tener una madre camarera que había tenido hijos sin casarse.

Esas chicas habían convertido su vida en un infierno en el St. Katherine. La odiaban porque era uno de esos nuevos ricos, por su timidez y porque era un blanco fácil para sus burlas envenenadas.

Todas eran malvadas; todas, excepto Lucia.

Tina apretó el puño sobre un cojín. Nico era uno de ellos, uno de esos ricos de toda la vida, ricos de alcurnia y linaje. Y la estaba juzgando.

–No. No has dicho nada, pero lo estás pensando.

–No estoy pensando nada. Lo que no entiendo es qué tiene que ver conmigo todo esto.

Ella le miró a los ojos durante unos segundos. Tenía la respiración entrecortada. Era el momento. Él le había dado la oportunidad y tenía que decir las palabras.

–Tiene mucho que ver contigo.

La expresión de Nico cambió radicalmente. Se volvió fría y distante. Él era el aristócrata y ella era la mestiza, la huérfana sin padre.

–Sigo sin verlo claro. Llevo diez años sin verte.

Y créeme... me acordaría si te hubiera visto.

Su voz derrochaba sexualidad.

Tina se sonrojó, pero le miró a los ojos.

–No necesariamente. Estaba oscuro y llevábamos máscaras.

Capítulo 2

NICO sintió que se le encogía el estómago. Estaba frente a una mujer desconocida que no se parecía en nada a aquella jovencita a la que no había visto en más de diez años. Sin embargo, sí entendía lo que ella le decía, aunque no hubiera dicho las palabras exactas.

Le estaba diciendo que estaba embarazada de él.

Pero sabía que era una mentira. No importaba lo que le hubiera dicho sobre Venecia y las máscaras. Ella no era esa mujer. Era un truco, una estratagema de su hermano para ajustar viejas cuentas.

Le entristecía ver que aquella chica dulce y retraída se había convertido en un ser tan despiadado como su hermano.

No sabía cómo se habían enterado de lo de Venecia, pero no iba a morder el anzuelo.

La miró de arriba abajo y trató de recordar a la mujer con la que había compartido cama aquella noche. La había encontrado en el muelle, junto al palacio. Estaba temblando, sin aliento. Al principio había creído que le había ocurrido algo horrible.

Parecía tan inocente, tan dulce... Normalmente, se sentía atraído por otro tipo de mujer más experimentada, pero aquel día le había resultado imposible separarse de ella. Jamás hubiera pensado que fuera a ser virgen, pero esa había sido otra de las sorpresas.

¿Cómo podía ser la misma mujer?

No era posible. De alguna forma, Valentina D'Angeli y su hermano conocían a la mujer con la que había estado y estaban utilizando la información a su favor.

–Estás mintiendo.

Tina abrió mucho los ojos.

–¿Por qué iba a hacer algo así? ¿Qué iba a ganar con todo esto?

Una oleada de furia cayó sobre Nico. Jugaba muy bien a hacerse la inocente.

–Bueno, se me ocurren unas cuantas cosas. Yo tengo dinero. Tengo títulos. Y mi empresa es la espina clavada en D'Angeli Motors.

Nico frunció el ceño y se puso en pie. Que fuera tan hermosa le hacía enfurecer aún más. Sus rasgos perfectos y su piel reclamaban ser besados. El cabello, de color castaño, le caía sobre los hombros en una maraña de rizos rebeldes. Hubiera recordado esa melena en cualquier sitio. Reflejaba la luz como si hubiera sido rociada con polvos de oro.

Sus ojos, de color violeta, le atravesaron como un puñal.

–Hace seis semanas no tenías ningún título. Mi hermano tiene tanto dinero como tú, o más. Y en cuanto a las empresas, ninguna de las dos me importa.

Nico trató de no dejarse distraer por la generosa curva de sus caderas. Se le marcaban los pechos por

debajo de la blusa de seda. Su cuerpo estaba demasiado atento a ella, pero podía manejar la situación.
No iba a sucumbir a esa atracción.

–Tenía el pelo liso.

Tina parpadeó y Nico creyó haber dado en la
diana, pero entonces ella se echó a reír.

Enredó un dedo en un tirabuzón de su pelo.

–Me lo alisé, idiota. Basta con veinte minutos de
secador. Se queda liso como una tabla.

–Bueno, eso no prueba nada.

Ella se acercó un poco. Durante una fracción de
segundo, Nico tuvo ganas de salvar la distancia que
había entre ellos para hacerla callar con un beso,
pero finalmente no lo hizo. Ella levantó la barbilla.
Sus ojos echaban fuego.

No recordaba que tuviera tanto carácter, pero no
era más que una adolescente la última vez que la
había visto. Solo recordaba a aquella chica que se
escondía detrás de una cortina de pelo y que callaba
cada vez que le hablaba.

–¿Te cuento todo lo que pasó esa noche, empe-
zando por el momento en el que me hablaste cuando
estaba en el muelle? –le preguntó Tina, señalándole
con el dedo–. ¿O quieres que te describa tu habitación del Hotel Daniele? ¿Te recuerdo la forma en
que apagaste las luces y me dijiste que no querías
ver rostros ni saber nombres? ¿O te recuerdo la
forma en que me quitaste el vestido y me besaste
mientras yo... contenía la respiración?

Tina se detuvo en ese momento. Tenía la cara
roja. Nico sintió el golpe del deseo en la base de la
espalda. Se había acostado con muchas mujeres a

lo largo de los años, pero ninguna era tan fascinante como aquella chica del baile de máscaras. Había sido una auténtica aventura de una noche, y por la mañana se había despertado en una cama vacía. No importaba lo que le hubiera dicho por la noche. Hubiera querido volver a verla después de aquella noche. Había surgido algo entre ellos que le hubiera gustado explorar.

Le había preguntado al personal del hotel y le habían dicho que se había marchado hacia las dos de la mañana, con la máscara puesta y un vestido de color verde claro. Había cruzado el vestíbulo corriendo y se había subido a una góndola.

Incluso les había preguntado a los gondoleros, pero ninguno había sido capaz de decirle nada más.

—Podrías haber obtenido esa información a través de otra persona. Eso no prueba nada.

Tina bajó la cabeza. Esquivó su mirada.

—Esto es absurdo.

Se dio la vuelta y se sentó en el butacón. Cerró los ojos. Se le pusieron los puños blancos.

Nico se sintió invadido por la culpabilidad.

—¿Quieres otra galleta?

—No. Solo necesitaba sentarme un momento —levantó la mirada—. Tienes razón, claro. Me lo estoy inventando todo. Renzo lo preparó todo para avergonzarte, porque te avergonzaría, ¿no? Tú, el hombre que arrastra un séquito de chicas semi-desnudas tras las carreras, el hombre que aparece en los tabloides de forma regular, cada vez con una chica distinta colgada del brazo, el hombre que se paró en mitad de una fiesta una noche y besó a todas las mujeres que le pidieron un beso, ese hombre sentiría mucha vergüenza de mí y de mi hijo, aunque seguramente su reputación de chico malo saldría ganando con ello.

Una oleada de rabia recorrió a Nico por dentro. Se estaba burlando de él, y lo peor era que lo que le decía tenía sentido.

–¿Cómo voy a saber lo que Renzo y tú tenéis en mente? –le espetó–. A lo mejor es una manera de dar legitimidad y prestigio al apellido D'Angeli. No es la primera vez que me encuentro con cazadoras de títulos, y seguro que no serás la última.

Tina se puso muy pálida.

–Eres malvado. Eres tan soberbio y arrogante... Te crees tan importante... No sé por qué quería decirte lo del bebé. Solo pensé que tenías derecho a saberlo. Y te aclaro que no quiero nada de ti. Ahora, si me disculpas, me gustaría sentarme aquí tranquilamente. Te acompañaría a la puerta, pero seguro que puedes encontrarla tú solo.

Nico la miró durante unos segundos. Parecía muy nerviosa y el instinto le decía que debía protegerla, pero no podía olvidar lo que intentaba hacerle.

–Has olvidado un detalle muy importante de esa noche, *cara*. A lo mejor tu fuente olvidó mencionarlo, o a lo mejor lo hizo, y esperabas que yo lo pasara por alto, pero sí usamos protección. Puede que tenga muchas compañeras de cama, pero no soy estúpido ni descuidado.

–Soy consciente de ello, pero ninguna protección es cien por cien infalible, ¿no es así? Parece que formamos parte de ese uno por ciento de fallos.

Nico apretó la mandíbula. Le rechinaban los dientes.

–Buen intento, *bella,* pero no va a funcionar. Dile a Renzo que piense en otra cosa.

Se dio la vuelta y salió por la puerta.

Tina quería tirar algo al suelo, romperlo, pero no merecía la pena. No iba a lograr la satisfacción que buscaba aunque rompiera toda una vajilla. Se quedó sentada en el butacón, bebiendo té y comiendo galletas.

Al menos, había hecho lo correcto. Le había dicho la verdad. Sin embargo, no sentía más que rabia e impotencia. Fuera lo que fuera lo que había pasado entre Nico y su hermano, sin duda había generado una animosidad que no iba a desaparecer fácilmente.

Se había dado cuenta de algo, no obstante. No podía decirle a Renzo quién era el padre de su hijo. Él querría saberlo, pero no tenía derecho a enterarse. Con veinticuatro años de edad, tenía que ser capaz de tomar sus propias decisiones. Era ella quien se había metido en ese problema y saldría adelante por sí misma. Quizás era mejor que Nico se negara a creerla. De esa manera, no tenía por qué decírselo a nadie. Su madre, al menos, la apoyaría. ¿Cómo no iba a apoyarla, si se había pasado años negándole la posibilidad de saber quién era su padre?

Tina frunció el ceño al recordar a su madre. Se había enamorado tantas veces... En ese momento se encontraba en Bora-Bora con un amante nuevo, y Tina esperaba que fuera el definitivo. Su madre se merecía encontrar algo de amor por fin. Había trabajado duro y había hecho muchos sacrificios para sacar adelante a sus hijos antes de que Renzo empezara a diseñar motos y a ganar dinero con ello.

Tina suspiró. Por lo menos tenía un descanso de unos días. Su madre estaba de viaje y Renzo, Faith y el pequeño estaban en el Caribe en un yate privado. Eran sus primeras vacaciones en mucho tiempo y su hermano se estaba recuperando de una operación en la pierna que se había lesionado. Lo último que quería era interferir en su recuperación dándole la noticia.

A medida que avanzaba la tarde, Tina empezó a sentirse mucho mejor. Decidió marcharse de Roma a primera hora de la mañana. Iría a la casa que su familia tenía en Capri. Se sentía muy inquieta después de la reunión con Nico y quería alejarse de la ciudad lo antes posible. Quería alejarse de él. No esperaba que volviera, pero saber que estaba en la misma ciudad, durmiendo, comiendo y teniendo sexo con otras mujeres, era demasiado para ella.

El aire fresco de Capri, con su aroma a limón, le haría mucho bien. Pero primero tenía que llamar a Lucia. Le preguntaría si quería cenar con ella. Todavía no le había dicho a nadie que estaba embarazada, así que empezaría con Lucia.

Aún no le había dicho nada a su amiga al respecto, pero sí le había dicho que había pasado la noche con un hombre. Lucia había insistido mucho y no había tenido más remedio que hacerlo.

Le dejó un mensaje en el teléfono móvil y entonces decidió irse de compras por la *via dei Condotti*. Tomó un camino que llevaba de la *piazza Navona* al Panteón. Necesitaba despejarse un poco.

Pasó por delante de heladerías, tiendas de antigüedades, de arte, cafeterías con concurridas terrazas y finalmente terminó en la plaza donde estaba el Panteón, una joya silenciosa bajo un cielo azul.

Era su monumento favorito de Roma. Entró en el edificio y recorrió el bosque de altas columnas hasta llegar a la estancia cavernosa con una claraboya en el techo. Esquivó a los turistas con sus cámaras, rodeó el área acordonada del centro y se sentó en un banco que estaba frente al altar. Este había sido añadido mucho más tarde, cuando la edificación había sido convertida en una iglesia.

Echó atrás la cabeza y se dejó imbuir por la calma que reinaba en el lugar. Siempre le había gustado. Una vez, cuando estaba en casa de vacaciones y no quería volver al internado, se había escapado del apartamento de Renzo para ir allí. Un hombre de la seguridad de su hermano la había encontrado allí horas más tarde.

—Tenía una cicatriz —la voz que sonó junto a su oído la sorprendió.

El ruido que se escuchaba en el Panteón siempre era un murmullo, pero esa voz traspasaba su soledad y la hacía contener la respiración.

Tina se dio la vuelta bruscamente y contempló al hombre sombrío y pensativo que estaba a su lado en el banco. Le dio un vuelco el corazón. Siempre lo hacía cuando le veía.

–Una cicatriz de una operación de apendicitis. Justo aquí –se señaló el abdomen justo por encima de la cadera derecha.

–Me quitaron el apéndice hace cuatro años –dijo ella.

–Supongo que no querrás enseñarme esa cicatriz, ¿no?

–Claro que sí. Pero no en este momento, si no te importa, o aunque te importe.

La intensidad de la mirada de Nico no decayó.

–Dando por supuesto que tengas la cicatriz, y que seas la mujer de esa noche, ¿cómo supiste que era yo?

Tina levantó la vista hacia la circunferencia perfecta que dejaba ver un trozo de cielo. Un pájaro voló por encima de la abertura. Sus alas abiertas le hacían planear sobre las corrientes de aire.

–Te quité la máscara. Y, cuando me di cuenta de quién eras, eché a correr.

–¿Y cómo sé que eso es verdad? ¿Cómo sé que no me esperaste esa noche y que lo planeaste todo de antemano?

Tina se volvió hacia él y le miró a los ojos. De repente sintió un nudo en el estómago.

–¿No crees que si lo hubiera tenido todo planeado hubiera hecho las cosas de otra manera? Estoy segura de que esconderse en el muelle, como una niña asustada, no es la mejor forma de atraer a un hombre.

–Y, sin embargo, funcionó.

Tina se puso más erguida que nunca. Una oleada de furia rugía en su interior.

–Mira, si quieres creer que todo esto es una estratagema, que estoy mintiendo, o que trato de tenderte una trampa, adelante, créelo. Pero no te quedes ahí, molestándome con tus teorías, ¿de acuerdo? Ya te dije lo que creo que debes saber, y he terminado. No quiero nada de ti, Nico. No espero nada. Simplemente pensé que quizás te gustaría conocer a tu hijo –quiso ponerse en pie, pero él la agarró de la muñeca de repente y la mantuvo sentada.

Sus dedos eran largos y fuertes. El roce de su piel desencadenaba una energía que la recorría de los pies a la cabeza. Tina apartó la mano rápidamente y cruzó los brazos.

Él se acercó más.

–Si llevas a mi hijo dentro, Valentina, entonces estaré en su vida. Me niego a tener que pagarte una pensión para verle solo cuando me lo permitas, o cuando digan los tribunales. Si llevas a mi hijo dentro, entonces eres mía también.

Durante un instante, Tina quiso salir huyendo, pero no se dejó amedrentar. Se colgó el bolso del hombro y se puso en pie. Esa vez él no intentó detenerla.

–Tú no eres mi dueño, Nico. Si quieres estar en su vida, ya veremos cómo lo hacemos. Quiero que mi hijo conozca a su padre. Es lo justo para los dos. Y yo quiero que estés en su vida, pero no voy a ser parte de ese juego que os traéis entre manos Renzo y tú. Me niego a serlo.

La chispa prendió y tomó fuerza. La sonrisa de Nico era fría y letal. Tina se estremeció por dentro. Él vivía para eso. Vivía en un desafío constante. Por

Soltó la cuchara y se echó hacia atrás en el asiento.

–¿Hay algún problema?

–Nada de lo que no me pueda ocupar.

Tina no pudo disimular el rubor que teñía sus mejillas. Él le estaba tendiendo una trampa y ella mordía el anzuelo una y otra vez. ¿Por qué no era capaz de mantenerse en silencio?

–Gracias por la comida –le dijo, echando la silla hacia atrás–. Pero me temo que ahora tengo que irme.

–No vas a ninguna parte, Valentina.

–No puedes detenerme.

–Ya lo he hecho –le hizo señas al camarero, sacó una tarjeta de crédito y se la entregó.

Tina respiró profundamente y trató de no dejarse llevar por el pánico. No era su prisionera. Podía ponerse en pie y abandonar el restaurante sin más. Agarró el bolso y se dirigió hacia la salida. No hacía falta correr, pero era consciente de lo que pasaba a sus espaldas. Nico no dijo ni una palabra. No se levantó de la silla.

Tina salió al exterior. El sol la cegó instantáneamente. El ruido de la plaza la abrumaba. Dio media vuelta y echó a andar sin rumbo, sin ver nada. No importaba adónde fuera siempre y cuando Nico no la siguiera. Se abrió camino entre la gente por aquellas calles empedradas, esquivando a los turistas con cámaras que andaban sin mirar al frente. Varias manzanas después se encontró con la Fontana di Trevi. Agarró el bolso con fuerza y llegó hasta el borde de la fuente.

El agua salía a chorros por debajo de los pies de

Neptuno y se precipitaba hacia el plato de la fuente. Tina se detuvo un instante frente a ella. La gente reía. Se hacían fotos sin parar. Un chico y una chica se tomaron de la mano y arrojaron una moneda al agua. De manera impulsiva, Tina sacó una moneda del bolso, cerró los ojos y pidió un deseo antes de tirarla a la fuente. Su deseo era que Nico la dejara tranquila y que Renzo no supiera jamás quién era el padre de su hijo.

«Demasiado tarde. Si quisieras eso, jamás se lo habrías dicho», le dijo una voz interior.

Se quedó allí unos minutos y luego se dio la vuelta. La gente se peleaba por llegar hasta el borde. Empezó a subir los escalones y entonces se detuvo. Él estaba en lo alto de la escalinata, esperándola.

—He concertado una cita con uno de los obstetras de más prestigio de toda la ciudad, pero, si prefieres ver a tu médico de confianza...

Tina sacudió la cabeza. De repente, se sentía derrotada.

Nico le puso una mano en la espalda y la condujo entre la gente hasta una calle cercana. Había un coche de lujo esperando junto a la acera, con el motor encendido. Cuando se acercaron, un hombre salió del vehículo y les abrió la puerta.

Un cristal les separaba del chófer. El silencio se hacía pesado en el habitáculo.

—Este sería un buen momento para enseñarme la cicatriz —dijo Nico por fin.

—No sé si quiero. Creo que me gustaba más todo cuando pensabas que te estaba mintiendo.

—No voy a hacerte daño, Valentina.

–Ni a mi familia –añadió ella con firmeza.

Se hizo un silencio incómodo.

–Eso no puedo prometértelo.

Tina sintió que algo se le clavaba en el corazón. Pensó en Renzo y en Faith, en su hijo. No podía dejar que les ocurriera nada malo.

–Haré todo lo que me pidas, sin quejas, siempre y cuando mantengas a Renzo al margen de todo esto.

Nico la miró a los ojos durante unos segundos.

–Todavía no sé si ha tenido algo que ver con esto. ¿Por qué iba a dejarle al margen?

–Quiero a mi hermano, pero, si crees que me he involucrado en una trama que implique quedarme embarazada por venganza, es que estás loco. ¿Qué mujer en su sano juicio dejaría que usaran su cuerpo de esa manera por venganza? No sé qué pasó entre vosotros, pero nadie murió, así que estoy segura de que no debió de ser tan malo. Lo que estás insinuando es horrible. Y no solo eso –añadió al ver que él no decía nada–. Creo que los dos sois unos idiotas por seguir con viejas rencillas durante tanto tiempo. Es una estupidez tener un enemigo acérrimo. Nadie tiene esa clase de enemigos hoy en día.

–Algunos ricos sí.

Tina se cruzó de brazos.

–Dudo mucho que sea tan malo. Sencillamente, creo que vosotros hacéis que sea así.

–Qué vida tan inocente has tenido.

–Si con eso quieres decir que no veo por qué hay que hacerles daño a otros, entonces es cierto. Soy inocente.

–En los negocios, querida, tienes que estar dispuesto a ser cruel. Es la única forma de sobrevivir y prosperar.

–Y, sin embargo, no es necesario en la vida privada de cada uno, ¿no crees? Cualquier hombre que sea cruel en el ámbito privado terminará solo en la vida.

–A lo mejor no está tan mal estar solo. Puedes elegir cuándo quieres compartir tu vida y tu cama con alguien y puedes irte cuando te canse el esfuerzo que supone estar con otra persona.

–Esa es una vida vacía –dijo Tina con tristeza.

Nico apretó la mandíbula, pero Tina supo que se había apuntado un tanto. Lo que no sabía era por qué. Había pasado años leyendo cosas sobre él en los periódicos y no parecía ser un solitario con una vida vacía, pero sí reaccionaba a sus palabras como si lo hubiera sido. ¿Qué era lo que ocultaba?

–Enséñame la cicatriz.

Tina apretó los dientes. Quería negarse, pero... ¿qué sentido tenía? Llevaba a su hijo dentro. Furiosa, se sacó la camisa y se bajó un poco la cintura de los vaqueros. Le oyó contener la respiración y entonces sintió las yemas de sus dedos sobre la cicatriz.

Guardó silencio durante un largo tiempo.

–Eras tú.

Tina tenía lágrimas en los ojos. Levantó la vista hacia él. Ya no le importaba que la viera llorar.

–Ojalá no lo hubiera sido –le dijo con sinceridad.

En otra época había fantaseado con él, cuando era joven e ingenua y no sabía lo que era el amor. Quería que se enamorara de ella, que la besara, que se casara con ella y que pensara que era la mujer más hermosa del mundo. Eso era lo único que le importaba cuando era una adolescente. Había sido su fantasía durante un año al menos. Y después, tras su marcha, había seguido soñando con él.

Sí. Le deseaba. Pero no de esa manera, no con esa clase de animosidad y desconfianza. Lo que había pasado entre ellos en Venecia era un error, por muy hermoso que fuera.

Nico apretó los labios. Tina hubiera deseado poder retirar las palabras, aunque solo fuera para intentar restaurar la poca paz que había entre ellos, pero ya era demasiado tarde.

El coche se detuvo mientras intentaba pensar qué decir. El chófer fue a abrirle la puerta. Sin decir ni una palabra, Nico la acompañó al consultorio del obstetra. Sus dedos firmes le quemaban la espalda. Su aroma la envolvía y evocaba esa noche que habían compartido.

La chica de recepción ni siquiera levantó la vista al verles acercarse. Le entregó un formulario a Tina y le dijo que lo rellenara sin siquiera mirarla a los ojos.

—Nos están esperando —dijo Nico, un poco tenso—. Y soy un hombre muy ocupado.

La joven levantó la cabeza de golpe. De repente reconoció al hombre que tenía delante.

—*Signore* Gavretti, quiero decir, señor, disculpe. Por favor, vengan por aquí.

A partir de ese momento, las cosas se agilizaron. Acompañaron a Tina a la sala de ecografías y le dijeron que se descubriera el abdomen. El técnico tomó las imágenes y fechó el embarazo. Unos segundos más tarde, Tina entró en el consultorio del médico. Nico ya estaba allí, leyendo el periódico. El doctor apareció unos momentos después y le hizo unas cuantas preguntas.

Tendría que hacerse ecografías periódicas y a las veinte semanas podrían saber el sexo del bebé. La mandaron a tomar vitaminas y a hacerse análisis de sangre y de orina.

Incluso tenía que tomar clases, aunque, seguramente, Nico no la acompañaría a ninguna de ellas. Y tampoco sabía si quería que lo hiciera.

Cuando salieron de la consulta del médico, a Tina le daba vueltas la cabeza. De manera instintiva, se tocó el abdomen, todavía plano, como si quisiera proteger la vida que crecía en su interior.

Iba a tener un bebé de verdad. Había visto aquel bulto diminuto en la pantalla, y él también lo había visto, pero no en el monitor, sino en la foto que le había dado el médico en el consultorio. Se había sorprendido un poco al principio, como si no pudiera creérselo todavía, pero era innegable que estaba embarazada, y la fecha de la concepción coincidía con la noche que habían pasado juntos.

Las calles de Roma pasaban a toda velocidad por la ventanilla. El tráfico era denso y ruidoso, pero dentro del habitáculo del coche todo estaba en calma. Finalmente, Tina se dio cuenta de que no iban en dirección al hotel. El corazón empezó a latirle con más fuerza.

—Estoy cansada. Quiero volver a mi hotel y hacer la maleta.

Había recibido un mensaje de texto de Lucia, pero aún no lo había contestado. Como su amiga no podía cenar con ella esa noche, tampoco tenía por qué escribirle tan rápidamente.

La expresión de Nico era hermética. Era como un bloque de hielo, tan frío e inalcanzable que la hacía estremecerse.

—Ya te han hecho las maletas —se miró el reloj—. Me imagino que ya las han entregado también.

Un hilo de miedo se enroscó alrededor del corazón de Tina.

—¿Entregado? ¿Dónde las han entregado? Me voy a Capri mañana por la mañana, y voy a necesitar mis cosas esta noche.

—Me temo que los planes han cambiado, *cara* —sus ojos grises la atravesaban—. Nos vamos al Castello di Casari.

A Tina le retumbaban en la cabeza los latidos del corazón.

—No puedo ir contigo. Hay gente esperándome.

—No —dijo él, golpeando la pantalla del teléfono—. No te esperan. Ahora mismo estás sola, Tina. Renzo y la encantadora Faith están en el Caribe y tu madre está navegando por Bora-Bora.

Tina se puso tensa.

—Eso es verdad, pero también tengo amigos. Y me están esperando.

En realidad, eran conocidos y más bien estaban esperando una llamada suya para tomar algo.

Pero casi nunca les llamaba. Prefería quedarse sola. Siempre había sido un tanto misántropa, y la costumbre no se le quitaba con el tiempo. Por eso le gustaban tanto las matemáticas y los números. Cuando estaba ensimismada, resolviendo un problema, no tenía que preocuparse del mundo externo.

–Entonces, llámales y diles que has cambiado de planes.

–¿Y cuánto tiempo les digo que voy a tardar? –le preguntó Tina, cada vez más tensa.

–Diles que de momento no lo sabes –concluyó Nico, sonriendo.

Capítulo 4

EL CASTELLO di Casari era más que una fortaleza milenaria. Era un castillo impenetrable. Nico contempló la enorme mansión que se alzaba sobre una roca en mitad del Lago di Casari. Siempre se veía invadido por una sensación de soledad cuando regresaba a casa.

El castillo había sufrido cambios a lo largo de los años. Aún conservaba el carácter medieval, pero contaba con todas las comodidades modernas. No había estado allí desde la muerte de su padre, un mes antes.

¿Por qué había decidido volver en ese momento? No lo sabía con certeza.

Miró a la mujer que estaba sentada a su lado en el helicóptero. Era el sitio perfecto para vérselas con una chica tozuda y rebelde. ¿Cómo era posible que aquella dulce jovencita se hubiera convertido en la mujer que tenía delante?

Y además estaba embarazada de él. Hasta esa tarde había creído que era imposible, pero al recordar lo que habían hecho aquella noche, se había dado cuenta de que algo había sido diferente. Había usado un preservativo, pero al quitárselo se había roto.

¿Se habría roto antes quizás?

El helicóptero aterrizó y los rotores aminoraron el giro paulatinamente. Un hombre se acercó al aparato. La puerta se abrió. Era Giuseppe.

–Señor, nos alegramos mucho de que haya venido –dijo el mayordomo.

–Yo también me alegro de verle, Giuseppe –contestó Nico, bajando del helicóptero y volviéndose hacia Valentina para ayudarla.

Giuseppe era un hombre bajito y tenía que inclinar la cabeza hacia atrás para hablar con Nico.

–Siento mucho lo de su padre, señor. Todos nos quedamos muy afectados tras la muerte del marqués.

Nico le dio una palmada en el hombro al mayordomo. No sentía nada por dentro. Había dejado de sentir aquel día, pero sabía que tenía que mostrar emoción ante la muerte de su padre. Era lo correcto, por mucho que su padre le hubiera apartado de su vida.

–Gracias, Giuseppe. Vivió su vida como quiso, ¿no? Y murió tal y como vivió. Estoy seguro de que descansa en paz.

Los ojos cansados de Giuseppe estaban húmedos.

–Sí, sí.

Dos miembros del personal de servicio se acercaron para recoger las maletas. Nico agarró a Tina de la mano y la atrajo hacia sí. Ella no se resistió, pero podía sentir la tensión creciente de su cuerpo.

–Esta es la *signorina* D'Angeli –dijo Nico–. Se va a quedar con nosotros unas semanas.

La expresión de Giuseppe permaneció inmutable, pero sin duda el apellido no le resultaba desconocido.

–*Signorina* –le hizo una reverencia–. Bienvenida al Castello di Casari.

–Gracias –Valentina respondió en un tono distendido. La tensión que la atenazaba no influía en su manera de saludar al empleado.

–Cenaremos dentro de una hora –dijo Nico–. ¿Puede ser, Giuseppe?

El hombre volvió a mirar a Nico.

–Sí, señor. El chef ha estado ocupado desde que recibimos la noticia de su inminente llegada.

–Muy bien. Por favor, que sirvan la cena en la terraza.

–Sí, señor.

Con otra sonrisa, Giuseppe se fue a supervisar al personal. Nico todavía sujetaba la mano de Tina. La condujo por el helipuerto hasta llegar a una puerta lateral del castillo.

–Siento lo de tu padre –dijo ella al entrar en la moderna estructura de cristal y metacrilato que el marqués había construido para resguardar el helicóptero–. Debería habértelo dicho antes.

–Gracias –contestó Nico de forma automática, aunque le irritaba mucho tener que decirlo.

¿Por qué no era capaz de decir la verdad sin más? ¿Por qué no decía que no sentía nada más que rabia hacia el hombre que le había dejado un título y un caos financiero? En ese momento no podía hacer otra cosa que no fuera dilapidar los fondos de Gavretti Manufacturing para reparar el daño que su padre había hecho en el conglomerado de empresas de Gavretti.

–He leído que murió de un ataque al corazón –comentó Tina desde detrás.

–Sí –Nico se detuvo y se volvió hacia ella–. También murió con una sonrisa en la cara, en la cama con su última amante. Tenía veinte años.

Valentina se quedó boquiabierta. Nico tuvo ganas de cerrarle los labios con los suyos.

–Oh –exclamó ella, ruborizándose.

Nico quería reírse, pero no lo hizo. Ella seguía siendo muy inocente, por mucho que se hubiera esforzado en corromperla aquella noche.

–Tenía dinero, *cara*, y un título. A las mujeres les gustan esas cosas, ya sean jóvenes o mayores.

–No a todas.

–Bueno, esa no ha sido mi experiencia.

–Entonces, a lo mejor es que no has conocido a las mujeres adecuadas.

–Si son mujeres, entonces son las mujeres adecuadas.

Tina soltó el aliento.

–¿Pero cómo pude dejarme engatusar por tus palabras sibilinas aquella noche?

Nico le acarició la mejilla. Tina contuvo el aliento, pero no se apartó. Saltaban chispas entre ellos.

–Pues te dejaste –le dijo él en voz baja–, porque querías.

Tina no tenía cobertura. Tiró el teléfono encima de la cama. Había intentado mandarle un mensaje de texto a Lucia varias veces, pero en mitad del lago no había señal.

El lugar era magnífico. Tina abrió las dobles puertas que daban acceso a la galería que rodeaba toda la casa. La luz del sol se atenuaba a medida que avanzaba el atardecer, pero aún se veían bien las inmediaciones de la fortaleza.

Se inclinó sobre la balaustrada de piedra. A sus pies estaba el lago, de un color azul intenso. Se divisaba un barco en la distancia y una lancha que se deslizaba a toda velocidad sobre las aguas. Se quedó allí hasta que el sol se ocultó detrás de las montañas. Todavía había algo de luz, pero estaba oscureciendo rápidamente. Llevaba los vaqueros y las sandalias, pero se había quitado la chaqueta y el fular. Regresó a la habitación para recogerlos.

En ese momento llamaron a la puerta. El hombre que les había recibido en el helipuerto estaba allí, sonriendo.

–*Signorina,* el señor me ha pedido que le diga que la cena está lista. Puede acceder a la terraza por las escaleras de la galería.

–Gracias –contestó Tina.

No quería cenar con Nico, pero tenía mucha hambre. La medicación para controlar las náuseas que le había recetado el médico había funcionado y por primera vez en mucho tiempo tenía apetito.

No se cambió para cenar. No tenía por qué tomarse tantas molestias, sobre todo teniendo en cuenta que estaba allí porque no tenía más remedio.

Salió a la galería y bajó las escaleras que llevaban al nivel inferior. Había una mesa grande y unas diez sillas a su alrededor. Las vistas de los acantilados eran sobrecogedoras.

Tina observó a Nico durante unos segundos. Estaba de espaldas y no sabía en qué momento interrumpirle. Se había cambiado de ropa. Llevaba unos vaqueros y una camisa negra. Durante una fracción de segundo deseó enredar las manos en su cabello, tal y como había hecho aquella noche.

Se estremeció, pero no de frío. Tenía el cuerpo caliente y sentía que la sangre fluía con lentitud por sus venas. Era él quien lo provocaba.

Terminó de bajar los escalones y en ese momento él se volvió. La miró de arriba abajo, sin mucho interés.

–¿Cómo te encuentras?

–He estado mejor.

–¿Todavía tienes náuseas?

Tina sintió el golpe de la culpabilidad.

–Ya no estoy enferma, gracias a la medicación. No, más bien estaba pensando en que esta es la primera vez que me secuestran.

No esperaba que él sonriera, pero eso fue lo que hizo.

–También es mi primera vez –le dijo.

–Qué suerte. Podemos disfrutar de la experiencia juntos.

Nico se acercó y le apartó una silla. Tina se sentó y entonces sintió sus dedos sobre los hombros, y después en el pelo. Se quedó inmóvil. Una mecha encendida parecía correr por su espalda. Era algo maravilloso e inquietante al mismo tiempo. Quería que siguiera acariciándola. Quería que deslizara los dedos sobre su cuello, por sus pechos...

De repente sintió su aliento junto al oído. Un estremecimiento la recorrió por dentro.

–Yo no utilizaría la palabra «disfrutar». Más bien usaría la palabra «soportar» –dijo. Bajó las manos y se sentó.

Tina agarró su vaso de agua y bebió un poco. Se sentía expuesta por dentro, como si él lo hubiera visto todo dentro de ella y supiera que su cuerpo la traicionaba cada vez que le tenía cerca.

–Estaba siendo sarcástica.

A Nico le brillaron los ojos.

–Sí, me he dado cuenta. Y yo solo he dicho lo que estabas pensando.

Permanecieron en silencio hasta que les llevaron la comida. Había una bandeja de pasta de cabello de ángel en salsa, pescado hervido, verduras y una tabla de quesos. La doncella que les llevó la cena desapareció de inmediato y fue Nico quien sirvió los manjares.

Le puso un plato de comida delante, pero Tina prefirió esperar a que terminara de servirse.

–Come, Valentina –dijo él de repente.

–Sí, ahora. Te estoy esperando.

–No me esperes.

–No es de buena educación empezar a comer.

–Al diablo con las formalidades. Come.

Tina agarró una aceituna y se la metió en la boca.

–Todo el mundo me llama Tina. Tú también puedes hacerlo.

–Si lo prefieres...

Tina se encogió de hombros.

–No lo prefiero, pero así me llaman mis amigos.

Nico arqueó una ceja.

–Entonces, ¿somos amigos?

–No lo creo. Pero cuando me llaman Valentina me da la sensación de que estoy metida en un lío –se comió otra aceituna y suspiró–. Y todo parece indicar que lo estoy, ¿no?

–¿Lo estás?

–Eso parece. Empecé el día en Roma. Había hecho planes para ir a Capri. Esto no es Capri.

–No. Es más bonito que Capri. Y más exclusivo.

Tina tomó un bocado de pasta. Estaba deliciosa. Era la primera vez que comía algo sólido en muchos días. Una brisa fresca les golpeó en ese momento.

–¿Creciste aquí?

–No.

–Supongo que tu familia tiene muchas casas –le dijo ella.

–Sí.

Tina movió una aceituna por el plato.

–¿Cuál era tu favorita?

Nico le clavó la mirada y Tina se dio cuenta de que había tocado un tema del que no quería hablar. Pero no tenía sentido. Había crecido con todas las comodidades, mientras que Renzo, su madre y ella habían vivido en apartamentos diminutos durante casi toda su infancia.

–No tenía ninguna casa favorita. Pasé mucho tiempo fuera, interno en el colegio.

–Yo también, cuando cumplí quince años. No era un buen momento para marcharse.

—Nunca lo es —Nico bebió un sorbo de vino—. Entré en el internado cuando tenía seis años. Solo iba a casa durante las vacaciones hasta que cumplí diecisiete años —se encogió de hombros—. Así que no tengo ninguna casa favorita. Pasé más tiempo en el colegio que aquí, o en cualquier otra de las casas de los Gavretti.

—No lo sabía. Lo siento.

—No hay nada que sentir. Recibí una educación muy buena y fui a una de las mejores universidades.

—Y pasaste muchos veranos con Renzo en el garaje.

—Sí.

Tina dejó escapar un suspiro.

—¿Por lo menos disfrutaste del tiempo que pasaste con nosotros? Yo pensaba que sí lo habías disfrutado, pero era muy pequeña. Parecías... feliz.

De repente pensó que había dicho demasiado, pero él se limitó a mirar hacia los acantilados y guardó silencio durante unos instantes.

—Y lo era. Lo pasé muy bien construyendo el prototipo con Renzo.

—Y, sin embargo, te fuiste. Renzo sigue negándose a hablar de ti. ¿Qué pasó?

Nico la miró de nuevo. La atravesaba con la mirada.

—No importa.

Sin pensar muy bien lo que hacía, Tina le agarró la mano. Tenía la piel caliente.

—Sí que importa, Nico. Quiero que Renzo y tú volváis a ser amigos. Quiero que todo vuelva a ser como era antes.

Tina pensó que iba a apartar la mano rápidamente, pero no lo hizo. Le puso la palma hacia arriba y deslizó las yemas de los dedos sobre su piel.

–Nunca volverá a ser como antes, *cara*. Ahora eres una mujer, no una niña. Ya sabes que la vida no puede ir hacia atrás.

Tina sintió lágrimas ardientes en los ojos.

–Ojalá pudiera. Por el bebé, desearía arreglar el problema que tenéis Renzo y tú.

Nico se echó hacia atrás y la soltó.

–No se puede arreglar, Tina. Nadie puede.

Tina respiró profundamente.

–Eso no me lo creo.

–Entonces, estás loca.

Ella le miró un instante.

–Eso tampoco me lo creo.

–Cree lo que quieras, pero eso no cambia la realidad –le dijo Nico con frialdad–. Y ahora, come. O no nos levantaremos nunca de esta mesa.

Tina obedeció, pero solo lo hizo por el bebé. La comida estaba deliciosa, pero no le daba ningún placer. Cuanto más pensaba en Nico y en su hermano, menos apetito tenía.

Soltó el tenedor.

–Quiero saber qué va a pasar ahora.

Nico la miró. Parecía ajeno a la tormenta que bramaba dentro de ella.

–Ahora viene el postre, supongo.

–Ya sabes que no es eso lo que quiero decir.

La mirada que le dedicó Nico estaba cargada de significado.

–Dímelo. Tengo derecho a saberlo.

–¿Qué crees que va a pasar, Tina?

Ella se lamió el labio inferior.

–No estoy segura. No creo que quieras tenerme aquí durante los próximos meses, aunque hayas dicho lo que dijiste antes. Sería absurdo. E innecesario.

–No estoy de acuerdo. Es muy necesario.

–¿Por qué? Quiero que formes parte de la vida del bebé. No voy a impedirte que seas parte de su vida.

–Eso lo dices ahora. ¿Pero qué pasará cuando regrese Renzo? –sacudió la cabeza–. No. Eso no es aceptable. No vas a ir a ninguna parte, Tina. Te vas a quedar aquí conmigo.

Tina se agarró del borde de la silla y se obligó a calmarse.

–No puedes obligarme a quedarme.

Nico se echó hacia atrás y abrió las manos.

–¿No puedo? Estamos en una isla. La única forma de entrar o salir es en helicóptero o en barco. Y yo controlo las dos cosas.

Tina sintió que se le caía el alma a los pies.

–Me llevas la contraria a propósito. Renzo vendrá a buscarme. Eso no puedes impedirlo.

Nico bebió un sorbo de vino y la observó un instante.

–No –dijo finalmente–. No puedo impedir que Renzo venga a por ti. Pero ni siquiera él puede separar a un hombre de su esposa.

Capítulo 5

A TINA se le cortó la respiración.
–Pareces sorprendida –dijo Nico en un tono suave.

–No me puedo casar contigo, Nico.

–¿Por qué? ¿Porque tu hermano no va a estar de acuerdo? Tampoco le hará mucha gracia saber que estás embarazada. Si te importara tanto conseguir su aprobación, no te hubieras acostado con un extraño aquel día.

–Supongo que me merezco ese comentario, pero eso no cambia el hecho de que tú no me quieres. No me voy a casar con un hombre que no me quiere.

No sabía muy bien de dónde habían salido esas palabras, pero en cuanto las pronunció, Tina supo que era eso lo que sentía.

–Entonces, deberías haber pensado en eso antes de meterte conmigo en la cama.

Tina contuvo el aliento. Sus crueles palabras la habían tomado por sorpresa.

–Eso no es justo. Las mujeres pueden tener amantes y no tienen por qué querer casarse o tener hijos con los hombres a los que escogen.

–Sí, pero normalmente esas mujeres están más preparadas de lo que tú lo estabas esa noche.

Tina sintió un repentino ardor en las mejillas.

–Oh, sí. Todo es culpa mía, ¿no? Pero no fui yo quien usó un preservativo defectuoso.

–Y no fui yo quien eligió a un extraño para una primera experiencia sexual. Tuviste suerte de dar conmigo. Cualquier otro te hubiera tratado con mucha menos delicadeza.

–Bueno, bien por ti entonces. Pero no me voy a casar contigo de todos modos. No tengo por qué.

–A mí sí que se me ocurren unas cuantas razones, y una de ellas es que ni tu hermano ni tú me vais a poder impedir que sea parte de la vida del niño.

Tina inclinó la cabeza. Le palpitaba el corazón a toda velocidad.

–Entiendo por qué piensas eso, pero podemos dejar las cosas claras sobre el papel. Firmaré cualquier cosa que sea razonable. Todo quedará bien claro.

Nico echó la cabeza atrás y se rio. Un extraño presentimiento reverberó dentro de Tina.

–Qué detalle, *cara*. Pero esto no es una negociación. No confío en ti ni en Renzo. No me voy a creer nada que puedas decirme o prometerme.

–Te doy mi palabra.

–Tu palabra no significa nada para mí –sacudió la cabeza. Se inclinó hacia ella y la agarró de la mano–. No. Te casarás conmigo, y lo antes posible.

Tina levantó la barbilla en actitud desafiante. Su corazón latía sin ton ni son y el estómago le daba vueltas.

–No puedes obligar a una mujer a que se case contigo. No lo haré.

Nico entrecerró los ojos.

–Qué egoísta eres, *cara*. ¿Privarías al niño de mi

apellido? ¿De mi estatus? ¿Permitirías que creciera sin tener derecho a mi herencia? ¿Crees que te estará agradecido por ello cuando crezca?

El corazón de Tina empezó a latir más despacio. No había reparado en ese detalle hasta ese momento. Ella había crecido con el apellido de su madre, al igual que Renzo, pero las cosas no siempre habían sido fáciles.

—No se trata de dinero –dijo Tina con contundencia–. Yo tengo dinero, y a nuestro hijo no le faltará de nada.

Contaba con el dinero de su fideicomiso, pero también había hecho buenas inversiones a lo largo de los años.

—Yo también fui a un internado, Tina. Sé cómo son las cosas. Esas chicas debieron de hacer de tu vida un infierno porque no eras como ellas. ¿Quieres que tu hijo pase por lo mismo?

Tina sintió el latigazo de la furia.

—No voy a mandar a mi hijo a un colegio fuera. De eso puedes estar seguro.

—No se trata solo de eso, ¿no? Si quieres que el niño disfrute de todas las ventajas posibles, si quieres que tenga las puertas abiertas y que le acepten en todas partes, tienes que casarte conmigo. Es la única opción.

Tina quería taparse los oídos.

—Haces que todo parezca muy anticuado, pero estamos en el siglo XXI.

—La gente no ha cambiado tanto, ¿no crees? Y mucho menos en los círculos en los que yo me muevo –se inclinó hacia delante y la agarró de la mano.

Tina trató de apartarse, pero él le apretaba los dedos con fuerza.

—Pero hay otra razón más importante todavía, Tina. Si no accedes a casarte conmigo, destruiré D'Angeli Motors.

Tina sintió que una fría capa de hielo le cubría el corazón.

—No puedes hacer eso. Si pudieras hacerlo, ya lo habrías hecho.

Él la soltó y se echó hacia atrás.

—Olvidas, *cara mia*, que soy mucho más rico que hace unas semanas. Y voy a usar esa riqueza, y el poder que tengo gracias a ese título, para destruir a tu amado hermano si no accedes a casarte conmigo.

El horror más intenso se apoderó de Tina. Pensó en Renzo, en Faith, en el pequeño Domenico. Una oleada de culpabilidad la recorrió por dentro. Renzo estaba más feliz que nunca desde que había encontrado a Faith.

—Eres un ser cruel.

—La vida es cruel. Solo estoy haciendo lo que tengo que hacer para proteger a mi hijo.

—Nuestro hijo.

—Sí, nuestro hijo —Nico repitió las palabras con sencillez. Sin embargo, había en ellas una amenaza implícita.

«Nuestro hijo, si haces lo que te digo», parecía querer decir.

Tina se estremeció. La advertencia no le había pasado desapercibida.

—¿Tienes frío?

—Un poco —dijo ella.

–Entonces, entremos.

Nico se acercó y le tendió una mano, pero Tina no la aceptó. Se puso en pie sin su ayuda y trató de dar un paso atrás. La silla se lo impidió, no obstante. Él estaba tan cerca... demasiado cerca.

Tina respiró profundamente. No podía dejar que ocurriera nada, porque le odiaba. Odiaba a Niccolo Gavretti. Quiso bajar la vista, pero finalmente le miró a los ojos.

–No voy a casarme con un hombre que amenaza a mi familia –dijo con firmeza.

Nico arqueó una ceja. Parecía que se estaba burlando de ella.

–¿Ah, sí? Al principio me dijiste que no ibas a casarte con un hombre que no te amaba. ¿Qué va a ser entonces, Tina? ¿Por amor o por deber?

–No me vas a obligar a hacer algo en contra de mi voluntad.

Nico bajó la mirada. Sus ojos se detuvieron un instante en el escote de la camiseta que llevaba.

–Creo que sí vas a tener que hacerlo, *cara*. Si valoras tanto todas las cosas que has mencionado.

–Estás muy seguro de ti mismo –le dijo Tina. Se le entrecortaba el aliento.

–Por supuesto.

–Renzo no es un blanco fácil, y lo sabes.

La sonrisa de Nico fue fulminante.

–¿Ah, sí? ¿Y si me da igual, *bella mia*? ¿Y si estoy dispuesto a hacer lo que sea para ganar?

–¿Estás dispuesto a sacrificarte también?

Nico se quedó pensativo unos segundos.

–A lo mejor. ¿Estás dispuesta a arriesgarte?

—¿Y tú?

Él se rio en su cara.

—*Allora,* no llegaremos a ninguna parte si seguimos dando vueltas sobre el mismo tema. Ven.

Le puso la mano en la espalda y la hizo entrar.

Atravesaron corredores y estancias en las que no había estado antes. El castillo había sido remodelado, pero las habitaciones seguían siendo grandiosas.

Tina no se dio cuenta de que la llevaba a su habitación hasta que se detuvo delante de su puerta.

—Desafíame si quieres, pero no me puedes negar que solo hay una solución. Harás lo correcto por Renzo y por su encantadora esposa, Faith.

—Tener una única opción significa que no tienes opciones.

Nico se encogió de hombros, tan arrogante e insensible como siempre.

—Puedes elegir algo que es lo correcto. Esa es la única elección posible. Al final acabarás haciendo lo que yo quiero.

—Qué generoso por tu parte —dijo Tina con sarcasmo—. Me sorprende la manera en que presentas todo esto. No haces más que fingir que tengo elección.

Él se rio.

—Me diviertes, *cara.* Luchas hasta el final. Casi no soy capaz de vislumbrar a esa jovencita que apenas me hablaba y que se ponía roja cuando lo hacía.

—Entonces era una niña. Ya he crecido.

Él la miró de arriba abajo.

—No me cabe duda de ello. Y tengo que decir que has crecido muy bien.

Sin darle tiempo a reaccionar, Nico la agarró de la barbilla.

–Hay una puerta que conecta nuestras habitaciones. Si quieres repetir lo de Venecia, solo tienes que abrir la puerta y entrar.

A Tina le retumbaban los latidos del corazón en los oídos. Tragó en seco.

–No quiero. Nunca más.

Su bello rostro estaba tan cerca... Podía besarle en cualquier momento si así lo deseaba, pero no podía hacerlo.

–Nunca digas nunca. Perderás si lo haces.

–No lo creo.

Él bajó la cabeza lentamente y ella reaccionó cerrando los ojos. Podía sentir su aliento sobre los labios y temblaba de pura expectación.

–Creo que te estás engañando a ti misma –dijo Nico, riéndose. Se apartó de repente.

Tina abrió los ojos de golpe. Su cerebro comenzó a funcionar de inmediato. Dio un paso atrás. Había pensado que iba a besarla, y quería que lo hiciera.

Un fuego abrasador la consumía por dentro, pero... ¿qué era en realidad? ¿Era vergüenza o deseo?

–Yo no te deseo –dijo con firmeza–. No te deseo.

La sonrisa de Nico era burlona.

–Puedes convencerte de ello si así te sientes mejor, pero ambos sabemos que no es cierto.

Nico estaba sentado en la oscuridad, con el ordenador portátil abierto, revisando cifras. Se echó hacia atrás en la silla y se revolvió el cabello.

Aunque muerto, Alessio Gavretti aún tenía la capacidad de irritarle.

Masculló un juramento. Se había pasado años intentando impresionar al hombre que no se dejaba impresionar por nada, a menos que se tratara de una falda muy corta y de unos pechos muy grandes. Su padre siempre le había tratado con esa indiferencia que era el sello de su personalidad. Nunca había logrado hacer mella en ese escudo de hierro que cubría su corazón. Nico había sido la fuerza motora que se hallaba detrás de Gavretti Manufacturing al principio, aunque ese no era el plan original cuando había acudido a su padre en busca de ayuda. Quería que Renzo volviera, pero su padre se había negado.

«¿Por qué voy a invertir en el negocio de otro cuando tú eres perfectamente capaz de empezar tu propio negocio, Niccolo? No. Haz las motos tú solo, pero no me pidas que te dé dinero para otro».

Nico frunció el ceño. Ese había sido un momento crucial en su vida, aunque por aquel entonces no se había dado cuenta. No había tenido elección, así que había construido las motos y así había perdido al único amigo que tenía.

Se incorporó un poco y salió a la galería. Fuera reinaba una gran quietud. Estaba oscuro. La soledad era bienvenida. El olor a buganvillas y a lavanda impregnaba el aire y las aguas del lago batían contra las rocas sobre las que se alzaba el castillo.

Todo estaba en silencio. De repente sintió una extraña angustia. Podía perderlo todo si no solucionaba los problemas que le había dejado su padre.

Alessio Gavretti había despilfarrado el dinero, y su madre también.

Se habían separado muchos años antes, pero nunca habían llegado a divorciarse. Su padre se gastaba todo el dinero con las mujeres, y su madre se lo gastaba en ropa, joyas y casas. A lo largo de los años habían acumulado un buen número de deudas y préstamos.

Nico tuvo ganas de reírse de repente. Había amenazado a Tina con arruinarle la vida a su hermano si no accedía a casarse con él, y, sin embargo, era él quien podía terminar en la ruina si se llegaba a saber que el patrimonio de la familia Gavretti había sido dilapidado casi por completo. Sin duda Renzo D'Angeli querría apoderarse de Gavretti Manufacturing y la vendería por una miseria.

No obstante, Nico no podía culparle por querer hacerlo. En su lugar, él habría hecho lo mismo, y sin una pizca de remordimiento. Se inclinó sobre la balaustrada y contempló las luces del pueblo en la distancia. No podía dejar que ocurriera. Y no podía dejar que Tina se negara a casarse con él. Sin matrimonio, no tendría derecho a ver a su hijo, sobre todo si ella se negaba a reconocerle públicamente como el padre de su hijo.

¿Pero por qué le importaba tanto eso?

Miró hacia las puertas de cristal de la habitación de Tina. Estaban cerradas, y las cortinas también, pero había luz dentro. Era la televisión.

Una extraña pesadumbre se apoderó de él. Quería entrar allí y tomarla en sus brazos, llenar su cuerpo y olvidarse del mundo con ella.

Si hubiera estado en Roma en ese momento, se habría ido a una discoteca y hubiera llamado a una de las mujeres de su lista de contactos. El amor no tenía nada que ver con eso. Era solo sexo; una noche de diversión. Pero no podía hacerlo esa vez. No sabía muy bien qué le estaba pasando, pero no podía dejar que Valentina D'Angeli se alejara de su vida.

Capítulo 6

ERA media mañana cuando Tina se despertó. Durante una fracción de segundo no fue capaz de recordar dónde estaba, pero entonces todo volvió a su memoria con una fuerza imparable. Se incorporó de golpe, sin aliento. Estaba en mitad de un lago. Era la prisionera de un hombre sombrío y peligroso que insistía en que se casara con él.

Agarró el teléfono móvil que estaba sobre la mesita de noche. No tenía cobertura. Lo tiró sobre el edredón, frustrada. ¿Qué hubiera hecho si hubiese tenido señal?

Le hubiera mandado un mensaje de texto a Lucia, pero no podía llamar ni a su madre ni a Renzo. Un escalofrío la recorrió por dentro al pensar en ello.

Echó atrás el edredón y fue a abrir las cortinas. El sol se colaba entre los laureles, calentándole la cara. El lago estaba lleno de actividad. Había surfistas, lanchas, gente que hacía esquí acuático.

Se dio una ducha y se secó el pelo con un cepillo redondo hasta tenerlo completamente liso. Tenía algo que demostrar.

Después abrió el armario donde habían colocado toda su ropa. Todo estaba impecable, listo para usar. Escogió unos pantalones de color rojo y una blusa de seda negra ceñida en la cintura. Completó el look con unos tacones de aguja y se puso las pulseras que su madre le había regalado por su graduación. Se miró en el espejo y entonces decidió ponerse unos pendientes de diamantes, un collar de oro y tres anillos.

Bajó las escaleras, rumbo a la cocina. Todo estaba en silencio. El chef y sus tres ayudantes se hallaban preparando una comida exquisita. Olía muy bien.

—El señor la espera en la terraza, *signorina*. El desayuno estará listo enseguida.

Tina le dio las gracias a la empleada y salió al exterior. Él estaba hablando por el móvil, con el ordenador delante.

Se detuvo un instante. El sol realzaba sus rasgos perfectos. No parecía haberse dado cuenta de que estaba allí.

—Bueno, eso se acabó. Tienes una paga. Si te la gastas rápido, no vas a tener nada hasta la próxima mensualidad.

Un segundo más tarde dio un golpe en la mesa con la palma de la mano. Masculló un juramento. Tina se sobresaltó. Quiso darse la vuelta. Él aún tenía el teléfono pegado a la oreja, pero le hizo un gesto para que se acercara. Tina obedeció. Se sentó y le dejó terminar la conversación.

Nico interrumpió la comunicación bruscamente y dejó el teléfono en silencio.

—¿Por qué tienes cobertura aquí? Yo no tengo.

—Es el operador. Uso un servicio distinto cuando

estoy aquí, aunque a veces, cuando estoy en sitios concretos del castillo, recibo varias señales.

–Supongo que no podrás dejarme tu teléfono.

–¿Por qué no? –Nico se encogió de hombros–. Eres una mujer inteligente, Tina. No vas a llamar a tu hermano para pedirle que venga a rescatarte.

Tina sintió que le daba un vuelco el corazón.

–¿Cómo puedes estar tan seguro?

Él la miró durante unos segundos.

–Bueno, ya veo que sí se te alisa el pelo fácilmente.

–Ya te lo dije.

–Las mujeres tienen muchos trucos. Nunca se me hubiera ocurrido.

Tina estuvo a punto de echarse a reír.

–Jamás se me hubiera imaginado que estarías al corriente de las cosas que ocurren en los salones de belleza. Y te he hecho una pregunta, por cierto.

Nico agarró su taza de café expreso. Sus dedos la asían con fuerza.

–Soy consciente de ello.

–¿Y cuál es la respuesta?

–Ya te he dado una respuesta, Tina. Eres inteligente y prudente. También quieres mucho a tu hermano. No quieres preocuparle ni quieres que tenga que acortar sus vacaciones cuando está tan feliz con su esposa y su hijo.

Tina sentía que se le aceleraba el pulso a cada palabra que decía. Era como si pudiera ver dentro de su alma.

–Además, no estás en peligro. Estás en una situación que has creado tú sola.

–No lo he provocado todo yo. Hacen falta dos personas para hacer un bebé.

–Sí, pero yo ya lo he pensado todo y sé lo que hay que hacer.

–¿Y si yo no estoy de acuerdo? A lo mejor tengo razón al querer llamar a Renzo. Él por lo menos podría proporcionarme a los mejores abogados.

Nico permaneció impasible.

–Si crees que eso es lo mejor... Podemos pelearnos en los tribunales y ver quién está en mejor situación para conseguir la custodia.

Tina contuvo el aliento. Un escalofrío le atravesaba las venas como un flujo de ácido. Realmente no creía que fuera a ser capaz de quitarle a su hijo, pero... ¿y si lo hacía?

–Todavía no me he decidido –le dijo, volviéndose hacia la doncella que le llevaba una taza de café.

–Pero te decidirás –le dijo él con esa arrogancia que la hacía querer apretar los dientes de pura frustración.

Su móvil empezó a sonar en ese momento. Apretó un botón y desvió la llamada hacia el buzón de voz sin siquiera mirar la pantalla. Tina se preguntó quién estaría al otro lado de la línea y entonces se dio cuenta de que debía de ser una mujer. Nunca hubiera tratado a un socio de negocios de esa manera. Tenía que ser algo personal.

Tina sintió que se le encogía el estómago. Era una sensación que no quería analizar en profundidad. Hasta ese momento no había pensado en cómo sería su vida amorosa. Solo habían pasado una única noche juntos, más de dos meses antes.

Una oleada de ansiedad la recorrió por dentro, pero no tenía nada que ver con las hormonas del embarazo. Apartó la taza de café.

–Puedes bebértela. Es descafeinado.

–Gracias por acordarte –le dijo Tina, intentando tener presente que no era un gesto romántico, sino práctico.

La sonrisa que él le dedicó, no obstante, fue demoledora. ¿Cómo podía sentir eso? La estaba amenazando. Estaba amenazando a su familia.

–He pasado un par de horas esta mañana mirando cosas sobre el embarazo. Admito que no sé nada.

Tina tragó en seco. De repente, el hielo que le cubría el corazón parecía empezar a romperse.

–Me temo que yo tampoco. Pensaba pedirle información a Faith.

Nico se mostró pensativo un instante.

–Hay una web de mujeres embarazadas. Hablan de todo. Incluso puedes seguir las fases del embarazo. Es algo increíble.

Tina agarró la taza con manos temblorosas. Necesitaba algo que hacer, así que bebió un sorbo de café. No quería ver esa faceta de Niccolo Gavretti, no cuando acababa de amenazarla con quitarle la custodia si no accedía a hacer su voluntad.

Pero, cuando la miraba de esa manera, cuando hablaba en serio, con sinceridad, no podía evitar recordar al viejo Nico, aquel chico que trabajaba en el garaje con Renzo y se reía sin parar.

Con solo recordar aquellos días, deseaba verles reconciliados, aunque él le hubiera dicho el día anterior que eso jamás ocurriría.

–Lo miraré –le dijo, manteniendo la vista baja.

Los manjares llegaron en ese momento y una vez más se encontraron comiendo a solas en esa maravillosa terraza desde la que se divisaba todo el lago. Todo estaba delicioso y la comida era abundante. Tina terminó comiendo más de lo que quería.

–Me alegra ver que estás comiendo. Ayer estabas muy pálida cuando te vi.

–La medicación ayuda mucho. Me alegro de no haberme saltado el desayuno. Pensé que me había quedado dormida.

–Nunca te vas a saltar el desayuno mientras te encuentras aquí, *cara*. La comida va a esperar hasta que estés lista.

Tina sintió una punzada de dolor en el pecho e hizo todo lo posible por ahuyentar las lágrimas que se agolpaban en sus ojos. ¿Pero por qué iba a llorar?

No tenía nada por lo que llorar. Niccolo Gavretti no había pedido una comida especial para ella. La cuidaba porque llevaba a su hijo dentro. Eso era todo.

No había ninguna otra lectura. No estaba siendo cuidadoso. No se preocupaba por ella.

Su madre y Renzo la querían, pero la familia siempre había girado en torno a su hermano, porque él era el único hombre y porque era el mayor. Ella, en cambio, había crecido a su sombra y nunca había tenido oportunidad de demostrar su valía por sus propios medios.

–Gracias –logró decir al fin–. Eres muy amable. Pero no tienes por qué retrasar las comidas por mí. Dime a qué hora quieres desayunar y yo estaré allí.

El teléfono de Nico volvió a sonar y una vez más desvió la llamada al buzón de voz sin mirar la pantalla.

–Comeremos cuando estés lista. Una mujer embarazada tiene que dormir mucho.

Tina sintió un calor inesperado por dentro. Se sonrojó absurdamente.

Él sonrió y Tina sintió que se le encogía el corazón. Era tan guapo cuando no tenía ese gesto malhumorado...

–En serio, *cara mia,* soy un búho nocturno. Prefiero dormir dentro de mí mismo. Pero, si te despiertas al amanecer, el desayuno estará listo en ese momento.

Tina se estremeció.

–No tengas miedo. No suelo levantarme tan pronto.

Nico agarró un panecillo.

–A lo mejor esta vida de búho nocturno nos vendrá bien cuando tengamos un recién nacido del que cuidar. No suelen dormir mucho, ¿no?

–¿Pero cuánto has estado leyendo?

–Anoche no pude dormir –agarró su taza de café–. ¿Tienes idea de todo el trabajo que da un bebé?

–Sí. Sí la tengo –dijo Tina, pensando en Renzo y en Faith.

Llevaban meses con ojeras.

–Es increíble cuánta atención puede necesitar una personita tan pequeña.

–Bueno, no pueden hacer las cosas por sí solos.

–No.

El teléfono de Nico volvió a sonar. Esa vez sí que miró la pantalla. Masculló un juramento y desvió la llamada una vez más.

–¿Por qué no contestas?

Un gélido velo cubrió los ojos de Nico de repente.

–Porque es mejor que no lo haga. Algunas mujeres son incapaces de entrar en razón, y no voy a darme contra la pared una y otra vez para que me escuchen.

Tina se puso tensa.

–Me sorprendería que hicieras otra cosa. Yo pensaba que tu método habitual era irte cuando terminabas.

Los ojos de Nico emitieron un destello lleno de significado. Tina casi quiso disculparse, pero no lo hizo.

Él se puso en pie y se guardó el teléfono en el bolsillo. Tina, no obstante, no fue capaz de librarse de la sensación de que le había insultado, pero tampoco sabía por qué le importaba tanto.

–Por desgracia, hay algunas mujeres en la vida de un hombre a las que es imposible dejar, por mucho que se quiera.

La isla era más grande de lo que Tina había pensado a su llegada. Al otro lado del castillo había un jardín con terraza, con vides enredadas en una pérgola, caminos adoquinados y huertos de plantas y flores. También había una piscina de piedra. El agua era de color turquesa.

Ya habían transcurrido varias horas desde el desayuno. Tina había pasado tiempo explorando el castillo y al darse cuenta de que había un jardín, se había cambiado de zapatos para seguir curioseando.

Rodeó la piscina y caminó hacia las parras. Desde fuera parecía un rincón muy íntimo y apacible.

No había vuelto a ver a Nico desde por la mañana, pero no podía dejar de pensar en la conversación que habían mantenido en la terraza.

«Por desgracia, hay algunas mujeres en la vida de un hombre a las que es imposible dejar, por mucho que se quiera».

Ella podía ser una de esas mujeres. Estaba embarazada de él. Cuanto más pensaba en ello, más vergüenza sentía. Estaba claro que él no la quería en su vida, pero estaba dispuesto a aceptarla por el bebé. Si se casaba con él, ¿se convertiría alguna vez en esa mujer que estaba al otro lado del teléfono?

Deslizó una mano sobre un seto perfectamente podado. La hierba le hacía cosquillas en la palma. Sin duda alguna se convertiría en esa mujer que estaba al otro lado de la línea, se casara con él o no. Iban a tener un hijo juntos y siempre tendrían que estar en contacto, aunque hicieran vidas independientes.

Él estaría en su vida y ella en la de él, por siempre. El pensamiento la hacía estremecerse.

Tina se detuvo en mitad del jardín. De repente, era como si sus piernas fueran de mantequilla.

Un hijo era para toda la vida. Respiró con fuerza. El aliento que tomaba estaba cargado de lágrimas que no había derramado.

¿Cómo había podido meterse en un aprieto tan grande?

Le latía el corazón con fuerza. Pensó en Renzo y en Faith, en el bebé al que tanto querían.

Pasó por debajo de la pérgola y llegó hasta una zona con muebles de exterior. Se recostó en un sofá. Le escocían los ojos. Nico no la amaba, ni ella a él tampoco, pero estaba embarazada de él. Era una vida diminuta que la necesitaba. Podía contratar a una niñera. Podía comprarse una casa. Estaba capacitada para cuidar de su hijo sola. De eso no había duda.

¿Pero era justo que el niño tuviera que ir de una casa a otra para ver a sus dos padres? Tina se tocó el vientre y se concentró en respirar. Le dolía la cabeza de tanto pensar. ¿Hacía lo correcto si se casaba con Nico?

El sol calentaba los muebles bajo la pérgola, pero ella estaba a la sombra. Se quedó allí tumbada durante un rato, contemplando el verde césped cubierto de flores rojas y rosadas. Incluso había un pequeño bosquecillo de limoneros y olivos. Los ojos se le empezaban a cerrar...

Se despertó un rato después. Tenía frío. El sol se había ido a otra parte del jardín. Los pájaros cantaban y podía oír las campanas de una iglesia lejana. Había soñado con Nico, con el muchacho que solía ir a su casa tantos años antes. Entonces se reía, sonreía. Siempre había tenido carácter, pero no asustaba.

–Le has quitado varios años de vida a Giuseppe. Se llevó un buen susto al no encontrarte.

Tina se dio la vuelta de golpe.

El hombre con el que había soñado estaba sentado delante de ella, observándola con una intensidad que resultaba intimidante.

–Lo siento.

–Ya lo veo.

Tina se incorporó y se estiró.

–No sé qué pasó. Estaba muy a gusto aquí y no fui capaz de mantener los ojos abiertos.

Nico miró hacia la pérgola como si pudiera encontrar la respuesta entre las parras.

–Es un sitio ideal para echarse una siesta. Creo que una vez me quedé dormido aquí cuando tenía siete años.

Parecía estar en otro lugar. Tenía la mirada fija en un punto del horizonte. De repente se volvió hacia ella.

–Es la hora, Tina.

Tina tragó en seco.

–¿La hora de qué?

–Es hora de elegir.

–¿Quién era la mujer del teléfono?

Los ojos de Nico se oscurecieron. No creía que fuera a contestarle, pero lo hizo.

–Mi madre. Estábamos discutiendo.

Tina agachó la cabeza y contempló sus manos entrelazadas.

–No es asunto mío. No debería haber dicho nada.

Podía sentir su intensa mirada sobre la piel.

–Me oíste discutir con una mujer. Me viste ignorar las llamadas. Y te he pedido que te cases conmigo. Tienes derecho a sentir curiosidad, dadas las circunstancias.

–En realidad... no me lo pediste. Me lo dijiste.

Nico arqueó una ceja y la miró fijamente.

–¿Qué diferencia hay? El resultado va a ser el mismo.

–Una mujer quiere que se lo pidan. Forma parte de la fantasía.

–¿Eso quiere decir que has entrado en razón?

Tina contuvo el aliento. Le retumbaba la sangre en las sienes.

–Prométeme que no le harás daño a mi familia, ni tampoco a D'Angeli Motors.

Nico esbozó una media sonrisa.

–Si Renzo me deja tranquilo, yo haré lo mismo.

Tina cerró los ojos.

–Entonces deberías pedírmelo. Es lo que hay que hacer.

Tina no se esperaba lo que estaba a punto de pasar. De repente, Nico se levantó de la silla y fue hacia ella. Clavó una rodilla en el suelo y le sujetó la mejilla. Le agarró una mano y se la llevó al corazón.

–Valentina D'Angeli –le dijo, deslizando los dedos a lo largo de su cuello–, ¿quieres casarte conmigo?

Tina se humedeció los labios. Era una locura, pero no tenía elección.

–Sí –susurró–. Sí.

Capítulo 7

TINA cerró los ojos al tiempo que él bajaba la cabeza, anticipando su beso. Lo deseaba con todo su ser. No podía negarlo. Hacía tanto tiempo desde la última vez que había sentido el roce de sus labios...

Pero él no la besó, o por lo menos no lo hizo tal y como esperaba. Le rozó la mejilla con los labios y luego le dio un beso en la frente.

Una gran sensación de decepción se apoderó de Tina. Él se puso en pie y la ayudó a incorporarse.

–Hay mucho que hacer. Tienes que preparar algo de ropa.

Tina parpadeó, confundida.

–¿Ropa? ¿Por qué? ¿Vamos a algún sitio?

Él le puso las manos en los hombros y las deslizó por sus brazos desnudos.

–Nos vamos a Gibraltar.

Tina sintió que se le caía el alma a los pies.

–¿Gibraltar?

Nico frunció el ceño, pero el gesto no era hostil.

–Ya sabes a qué van las parejas a Gibraltar, Tina. No puedes ser tan ingenua.

Tina sacudió la cabeza. Una burbuja de miedo empezaba a crecer en su interior.

–Sí sé a qué van. ¿Pero por qué tenemos que hacerlo nosotros? Pensaba...

La mirada de Nico dejaba claro que sabía exactamente qué pensaba. Pensaba que iban a tener una boda apresurada, pero normal. Pensaba que iba a pasar un mes eligiendo el vestido, las flores, la tarta y el lugar para la ceremonia.

Era igual que las demás chicas. Pensaba que iba a tener una boda de cuento de hadas.

Pero no podía ser. Lo había hecho todo al revés y ese hombre al que ya no conocía como antes se la quería llevar a Gibraltar para casarse con ella a toda prisa. Se casarían en menos de veinticuatro horas. Se convertiría en la *signora* Gavretti.

Y también sería la *marchesa di* Casari.

A Tina empezaron a temblarle las rodillas. Estuvo a punto de caerse sobre los cojines, pero Nico la rodeó con los brazos y la atrajo hacia sí.

–No hay por qué esperar. No hay por qué aturdirse.

–Pero mi familia...

–Ahora yo soy tu familia, Tina.

Al anochecer ya estaban en el jet privado, cruzando el Mediterráneo rumbo a Gibraltar. Nico estaba sentado frente a ella, con el ordenador portátil abierto, mirando la pantalla. Tina, en cambio, no era capaz de concentrarse en el libro que estaba leyendo. Tenía el libro electrónico sobre el regazo, pero había dejado de leer mucho rato antes. No hacía más que contemplar su propio reflejo en la ventanilla.

La vida le había cambiado con demasiada rapidez. Dos meses antes había asistido a un baile de máscaras con Lucia y todo se había transformado a partir de ese momento. Miró a Nico de reojo. Como siempre, su abrumadora belleza masculina la impactó con contundencia. Él miraba la pantalla con el ceño fruncido y tecleaba de vez en cuando.

De repente, levantó la vista y la sorprendió observándole. Cerró el ordenador y lo apartó.

—Sé que no era esto lo que esperabas, pero es mejor así.

—¿Mejor para quién?

—Para nosotros. Para el bebé.

—No creo que hubiera pasado nada por haber esperado un mes más.

Él se encogió de hombros.

—Cuando decido hacer algo, lo hago. No veo por qué hay que esperar.

—¿Y qué pasa con tu madre? ¿No crees que le gustaría ver a su hijo casado?

Él se rio de repente.

—La única cosa que le importa ahora mismo es que la estoy obligando a vivir con la paga que le doy. Ni siquiera creo que se molestase en venir a traerme un vaso de agua si me viera muriéndome de sed frente a su puerta.

Tina sintió una gran tristeza al oírle. Sabía que era hijo único y también sabía que su padre había fallecido poco tiempo antes, pero jamás se hubiera imaginado que su relación con su madre fuera tan mala.

—A lo mejor aún no ha superado la muerte de tu

padre. La pena produce efectos inesperados en la gente.

Nada más hablar, Tina se arrepintió de lo que había dicho. La idea no tenía mucho sentido, teniendo en cuenta la forma en que había muerto su padre. No obstante, tampoco era extraño encontrarse con mujeres que seguían enamoradas de sus maridos infieles.

Nico la miró fijamente.

—Mi madre no está triste. Y, si lo está, no es porque mi padre haya muerto, sino porque ahora soy yo quien administra el dinero.

—Lo siento —dijo Tina, sin saber qué otra cosa decir.

—No todas las familias son tan bien avenidas como la tuya.

Tina bajó la vista.

El móvil de Nico comenzó a sonar en ese momento, interrumpiendo la conversación. Un rato más tarde aterrizaron en Gibraltar. Estaba oscuro. No se veía el océano, pero el olor a sal indicaba la proximidad del mar.

Subieron a un coche que los estaba esperando y se dirigieron hacia un exclusivo hotel situado en lo más alto de la ciudad. Ocuparon la suite del ático.

—Necesitamos otra habitación —le dijo Tina al darse cuenta de que solo había un dormitorio.

Nico cruzó el salón y fue a abrir las puertas del balcón. Frente a ellos estaba la bahía. En la negra superficie del agua se veían las luces de algunos barcos. Al otro lado estaba la ciudad española de Algeciras.

—Solo hay un dormitorio, *cara* —le dijo cuando se acercó al umbral.

Tina cruzó los brazos sobre el pecho. Su corazón latía sin ton ni son, como si acabaran de ponerle cafeína en vena.

—Las cosas están pasando demasiado deprisa para mí, Nico. Te dije que sí esta tarde y ya estamos aquí, en la misma habitación. Me da vueltas la cabeza.

Él se volvió hacia ella. Su mirada era indescifrable, enigmática.

—Solo hay un dormitorio porque era lo único que estaba disponible, Tina. Ya veremos qué hacemos.

Tina sintió un rubor repentino en las mejillas. Parecía que el sexo era lo último que tenía en mente.

—Hay un sofá —dijo ella.

—Ya lo veo.

—Yo dormiré en él. Soy más pequeña que tú.

Nico empezó a andar hacia ella. Era tan alto que tuvo que echar la cabeza hacia atrás para mirarle.

—¿De verdad es eso lo que quieres? —le preguntó, agarrándole un mechón de pelo.

Tina asintió rápidamente.

—¿No crees, *cara*, que a lo mejor la modestia está un poco fuera de lugar? —se llevó el mechón a la nariz.

—Yo... yo he accedido a casarme contigo, para que no le hagas daño a mi familia —le dijo ella con un hilo de voz.

Él se rio suavemente. Enredó el mechón alrededor de sus dedos y la hizo acercarse.

—Ah, ya entiendo. Te has entregado a mí a modo de sacrificio humano, ¿no?

—No...

—¿Crees que porque has accedido a casarte conmigo, el sexo no está incluido?

Tina tragó con dificultad.

—Yo no he dicho eso. Pero son dos cosas distintas, ¿no? Apenas nos conocemos.

—Y no nos conocíamos apenas en Venecia, pero creo recordar que gracias a eso la velada fue mucho más emocionante. ¿Quieres que pida dos máscaras?

Tina bajó la cabeza para ocultar su mirada. No quería dejarle ver el deseo que brillaba en sus pupilas.

—Eso fue distinto. Y hubo consecuencias que ninguno de los dos esperábamos.

—No entiendo qué tienen que ver esas consecuencias con el tema del que estamos hablando. No veo por qué el sexo de una noche tiene que ser distinto al de otra, a menos que sea al hombre al que le pongas objeciones y no al sexo.

—No... estoy preparada. Y no se trata de ti. Se trata de mí.

—Qué... divertido —murmuró él. Le soltó el mechón de pelo y empezó a pasearse por la habitación.

Tina tenía la boca llena de palabras, pero no era capaz de decir nada.

Él seguía caminando por la alfombra. Abrió el mueble de los licores y se sirvió una copa de whisky.

—Creas lo que creas, *cara*, yo controlo muy bien mi libido. Estás perdiendo el tiempo pensando que quiero meterte en mi cama y hacer lo que quiera contigo. Tenemos una cama porque una cama es todo lo que había. Puedes dormir tranquila en ella. Te lo aseguro.

Se terminó la copa y agarró su maletín.

–Tengo trabajo que hacer, y no voy a obligarte a hacer algo que no quieres hacer.

A la mañana siguiente, Tina se despertó en la cama. Recordaba haberse acostado en el sofá, no obstante. Se incorporó y miró hacia el cuarto de baño. Alguien se estaba dando una ducha. Unos minutos después, el ruido del agua cesó. Nico entró en el dormitorio con una toalla alrededor de las caderas.

Tina agarró la sábana y se la llevó hasta la barbilla. Nico se detuvo de golpe.

–Llevas lo mismo que llevabas cuando te fuiste a dormir al sofá, Tina.

Ella miró debajo de la sábana. Era cierto. Una oleada de vergüenza la invadió de repente.

–Estaba bien en el sofá –le dijo–. No tenías por qué traerme aquí.

–Parecía que no estabas bien. Parecías encogida, y tenías frío.

Sacó unos pantalones de color caqui del armario. Tina apartó la vista de inmediato al ver que se quitaba la toalla, pero luego volvió a mirar. Tenía unos hombros musculosos, una cintura estrecha, largas piernas y un trasero firme.

Tina sintió algo caliente y tenso en el estómago. Cerró los puños alrededor de la sábana.

No recordaba que la hubieran llevado al dormitorio la noche anterior, pero sí recordaba un pequeño detalle. Se había hecho un ovillo bajo la manta y después había sentido algo cálido y firme que la ro-

deaba. ¿Se había acostado a su lado y la había abra-
zado durante toda la noche? No lo sabía con certeza
y tampoco quería preguntar.

Nico se puso unos calzoncillos y el pantalón y
luego sacó una camisa del armario. Cuando se volvió hacia ella de nuevo, tenía la camisa abierta hasta
la cintura, dejando ver unos abdominales perfectamente esculpidos. Tina se mordió el labio inferior.

Él se volvió y la sorprendió observándole.

—No te preocupes, *cara*. Nadie te molestó mientras dormías. Además, yo prefiero que mis compañeras de cama participen. Es mucho más divertido
de esa manera.

Tina bajó la vista.

—No lo he dudado ni por un segundo. Gracias por
haberte asegurado de que no pasara frío.

Él se encogió de hombros y comenzó a abrocharse
la camisa.

—Eres la madre de mi hijo, Tina. Sea como sea
como hayan empezado las cosas entre nosotros, yo
cuidaré de ti. No hay nada más importante que este
bebé.

Tina sintió un vacío en el estómago. El bebé era
lo más importante. De eso no había duda, y sin embargo, le dolía oírle decirlo. Para él no era más que
un vehículo, un mero contenedor.

—Tengo negocios de los que ocuparme —le dijo
cuando terminó de vestirse—. La boda será esta tarde,
así que intenta entretenerte durante unas horas —añadió, y se marchó sin más.

Tina se sentó en mitad de la enorme cama, de-
cepcionada.

Entretenerse... Le había mandado entretenerse. Todo era tan típico... Él se iba a dirigir su empresa y ella tenía que esperarle en casa.

Era igual que su hermano en ese sentido, pero Faith había seguido trabajando para Renzo hasta encontrar a alguien que la reemplazara, y su hermano no se había atrevido a decirle lo que tenía que hacer. Sin embargo, aún le llevaba la agenda y le organizaba la vida mientras cuidaba del bebé. Faith se había ganado a pulso su lugar y Renzo no había tenido más remedio que dejar a un lado el machismo que le caracterizaba.

Y era esa actitud hacia su esposa lo que le daba algo de esperanza a Tina. Aún no había desechado la posibilidad de poder llegar a trabajar en el departamento de contabilidad de D'Angeli Motors. Su hermano creía que no podría soportar la presión y que su timidez innata le impediría desempeñar su trabajo con normalidad, pero se equivocaba.

Tina se dio una ducha, desayunó y decidió ir a nadar a la piscina del hotel. El ejercicio le sentaría bien y así el tiempo pasaría más rápidamente.

Tenía un correo electrónico de su madre. Al parecer, se lo estaba pasando muy bien en Bora-Bora. También tenía un pequeño mensaje de Faith, acompañado de una foto del pequeño Domenico en brazos de su padre.

Tina se tragó las lágrimas. Renzo y Faith parecían tan felices... ¿Cómo era ser así de feliz? ¿Cómo era estar tan enamorada y saberse tan querida?

Ahuyentó esos pensamientos y bajó a la piscina. Nadó durante un rato y después se sentó bajo la sombrilla. La bahía se extendía a sus pies. No era capaz de dejar de darle vueltas a la cabeza. Estuvo a punto de llamar a Lucia, solo para hablar con alguien, pero no sabía qué decir. ¿Cómo iba a decirle que estaba embarazada y que iba a casarse con el padre de su hijo aunque no la amara? La historia daba demasiada pena, así que se quedó allí sentada y se dedicó a contemplar el mar hasta que se cansó.

Cuando regresó a la suite se encontró con una modista y una selección de trajes de novia. Tina no daba crédito a lo que veía. Él lo había pedido todo sin siquiera preguntarle. Se dio la vuelta y entró en el despacho. Aún llevaba el bikini, pero le tenía sin cuidado.

Nico no estaba solo. Dos hombres levantaron la vista, sorprendidos, y abandonaron la sala a requerimiento de Nico.

Tina se detuvo en medio de la estancia y apoyó las manos en las caderas. Él recorrió su cuerpo con la vista y luego la miró a los ojos.

—¿Qué sucede, Tina?

Ella dio un paso hacia él. El corazón se le salía del pecho.

—¿Trajes de novia? ¿Me has elegido un traje de novia? —estaba tan furiosa que apenas era capaz de pronunciar las palabras.

—No, no te he elegido un traje de novia. Puedes escoger el que quieras. Yo solo pedí unos cuantos para que puedas elegir.

Tina dejó caer las manos y apretó los puños. Una violenta emoción la sacudió por dentro. Era igual que su hermano. Creía tener el derecho de decidir por ella.

–No quiero ninguno.

Nico hizo un gesto con la mano para restarle importancia al asunto. Era como si de repente se hubiera convertido en un insignificante mosquito que le estuviera molestando en ese momento.

–Entonces diles que se los lleven. No hay que enfadarse por eso.

–No tienes ni idea, ¿verdad? A las mujeres nos enseñan a soñar con el día de nuestra boda desde que nacemos. Hay revistas enteras dedicadas a las bodas, a los trajes. No puedes escoger el traje de una mujer y tampoco puedes hacer una selección y decirle que escoja uno. Es un comportamiento digno del ser más arrogante, egoísta e insensible... ¿Qué estás haciendo?

Él rodeó el escritorio y fue hacia ella. Tina dio un paso atrás y se topó con la puerta.

Parecía molesto.

La agarró de la cintura y tiró de ella, apretándola contra su cuerpo.

–¿Esto te parece digno de alguien insensible? –le preguntó un segundo antes de besarla.

Capítulo 8

TINA se quedó inmóvil durante unos segundos. Su cerebro le decía que se resistiera a ese beso, pero no era capaz. Cerró los puños sobre la camisa de Nico y arqueó la espalda para pegarse más a él. Él enredó una mano en su pelo y la hizo echar atrás la cabeza al tiempo que le agarraba el trasero con la otra.

Una descarga de emoción recorrió por dentro a Tina. Un río encendido corría por sus venas.

Pensaba que recordaba cómo era besarle, pero no recordaba ni la décima parte. Él la consumía, deslizaba la lengua contra la suya, pidiéndole todo lo que podía darle.

¿Había sido así en Venecia?

Parecía que se había convertido en un animal sexual al límite y su fiereza era bienvenida.

Ese beso la hacía enloquecer. La hacía querer más y más.

Nico le metió la mano por dentro del bikini y le agarró las nalgas. Empezó a apretárselas. Tiró de ella hasta hacerla sentir su erección contra el abdomen.

Tina sintió algo líquido y caliente en su interior. Le deseaba. Quería sentirle dentro de ella de nuevo.

Quería esa tormenta perfecta de pasión y calor, el placer táctil de tocarle por todas partes. Nunca se había sentido tan hermosa, tan viva y tan plena como aquel día, cuando habían hecho el amor por última vez. Quería volver a sentir lo mismo desesperadamente, aunque fuera malo para ella, aunque después se odiara a sí misma por haber sucumbido.

Le quitó la camisa de los hombros. Se moría por sentir su piel desnuda bajo las palmas de las manos. Sin embargo, un ruido repentino la sorprendió. Provenía del otro lado de la puerta.

Había gente fuera, y vestidos, esos vestidos que la habían hecho enfurecer.

Él retrocedió bruscamente. Le brillaban los ojos y tenía el pelo alborotado. Su cuerpo aún estaba preparado, listo para ella. La silueta de una enorme erección tensaba la tela de sus pantalones.

Una parte de Tina quería salvar la distancia que les separaba, bajarle la cremallera y agarrar su miembro palpitante.

Pero no podía hacerlo. No era tan atrevida. Además, había ido allí por una razón completamente distinta, una razón que había olvidado en cuanto él la había tocado.

—Por eso vamos a casarnos —le dijo él de repente al tiempo que se metía la camisa por dentro de nuevo—. No es porque sea una fantasía, ni porque sea una aventura romántica o algo parecido. Nos casamos porque hay pasión entre nosotros, *cara*. Y porque, tal y como me dijiste anoche, esa pasión ha tenido consecuencias.

Se dio la vuelta y regresó al escritorio.

–Ahora vete y elige un traje. O haz que se los lleven todos. Pero no vengas aquí a llorar porque tu cuento de hadas se ha hecho añicos.

Tina respiró profundamente para reunir fuerzas. Se sentía como una tonta.

–No es una fantasía.

–*Maledizione*! ¿Entonces por qué entraste en mi despacho quejándote como si alguien te hubiera robado a tu mascota?

Tina no pudo evitar sentir vergüenza. Quería que la tomaran en serio, pero su comportamiento había sido un tanto infantil. No era de extrañar que su hermano pensara que no sería capaz de soportar la presión en D'Angeli Motors.

–No me has preguntado lo que quería. Simplemente lo has dado por supuesto.

Dio un paso hacia él y se tocó el corazón con el puño cerrado. Quería que él la entendiera. Necesitaba que lo hiciera.

–Soy una persona, Nico, un ser humano con necesidades y anhelos. No quiero que me digan lo que tengo que hacer. Quiero que me pregunten lo que quiero.

Nico agarró un bolígrafo y volvió a soltarlo. Se sentó de nuevo frente al escritorio y se revolvió el cabello con las manos. Apoyó la cabeza en las palmas.

–¿Qué es lo que quieres, Tina? ¿Qué te hará feliz?

Tina sintió un nudo en la garganta al ver ese gesto de derrota. ¿Cómo lo conseguía? ¿Cómo la hacía pasar de la rabia a la culpabilidad en cuestión de segundos?

De repente se dio cuenta de que él se había tomado muchas molestias para llevar allí los trajes de novia. Después de todo, habían abandonado Italia a toda prisa. Todo estaba ocurriendo demasiado deprisa y ninguno de los dos estaba preparado. Eran como dos personas perdidas en un inmenso bosque, sin brújula ni mapa.

—Me gustaría volver a esa noche que pasamos en Venecia y elegir otra cosa –le dijo.

Él levantó la vista.

—Bueno, eso es imposible. Te sugiero que busques una forma de ser feliz.

Tina escogió un traje. No había sido capaz de deshacerse de la modista. Era un diseño maravilloso, sin tirantes, con un corpiño que le realzaba la figura y una falda voluminosa que caía en cascada desde las caderas. Era un vestido precioso, pero sencillo.

Decidió llevar el pelo recogido, pero se lo dejó rizado y solo se puso unas margaritas blancas a modo de adorno. La boda iba a tener lugar en el hotel, así que no tenía que preocuparse de tener que subir a un vehículo con tantas capas de tela encima.

Agarró el pequeño ramo de flores que le habían dado en el hotel.

—Está preciosa, señorita –le dijo la ayudante de la modista–. Su futuro marido va a estar muy orgulloso de usted cuando la vea.

Tina logró esbozar una sonrisa. Seguramente, Nico no sentiría más que alivio, pero prefirió no decirlo en voz alta.

–Gracias, Lisbeth.

Lisbeth se secó los ojos con un pañuelo.

–Es tan romántico... Que le traigan todos esos trajes para sorprenderla... Yo me hubiera desmayado de la emoción.

Tina sintió que le temblaban los dedos al apartarse un mechón de pelo de la cara. Se había comportado como una idiota. Había reaccionado como una niña pequeña.

Quería ir a buscarle y darle un abrazo, pero sentía demasiada vergüenza.

Finalmente, salió de la suite y tomó el ascensor rumbo a la planta baja. Lisbeth la acompañó para colocarle el traje. Nico la esperaba fuera de la capilla. La miró de arriba abajo.

–¿Pasa algo? –le preguntó ella.

–Hay una última cosa que tenemos que hacer antes de casarnos.

La condujo a una sala contigua en la que había un escritorio y sillas. Los dos hombres con los que le había visto esa mañana estaban allí.

Eran abogados. Esos rostros circunspectos y los maletines les delataban. Nico le entregó un bolígrafo y uno de los abogados empujó unos papeles hacia ella.

–Hay que dejar unas cuantas cosas claras antes de casarnos, Tina –le dijo él.

–Lo sé –se sentó y tomó los papeles que le ofrecía el abogado.

Un acuerdo prematrimonial no era nada inesperado ni inusual. Sin embargo, la fría eficiencia con la que había orquestado el asunto del matrimonio hasta ese momento resultaba inquietante.

Tina le miró un instante, con el acuerdo en la mano.

–¿No quieres sentarte? A lo mejor tardo un poco.

Nico hizo una mueca a medio camino entre la impaciencia y la ironía.

–Es un acuerdo justo. Obtendrás una suma generosa si nos divorciamos, y tendrás una pensión de por vida.

Tina buscó las páginas donde se especificaban los detalles económicos.

–Muy generosa –dijo, después de leer las cifras–. Pero has cometido un error –añadió, golpeando la hoja con el bolígrafo.

Uno de los abogados se aclaró la garganta y Tina le miró a los ojos.

–Creo que Pietro quería decir que no hay ningún error –dijo Nico en un tono que casi parecía jocoso.

–Bueno, sí lo hay. Olvidas que esta suma... –volvió a golpear la hoja con el bolígrafo– tiene que ajustarse a la inflación. Un divorcio dentro de un año no va a ser lo mismo que un divorcio dentro de veinte.

–Cierto.

–Y tampoco has tenido en cuenta el dinero que yo aporto al matrimonio.

–No quiero el dinero de Renzo.

Tina le fulminó con la mirada.

–No estoy hablando del dinero de Renzo. Estoy hablando de mi dinero.

Nico arqueó una ceja.

–No sabía que tuvieras nada.

–Bueno, resulta que sí lo tengo. He hecho algunas inversiones.

–No estoy interesado en pequeñas inversiones.

Tina decidió pasar por alto el desprecio que denotaban sus palabras. No iba a decirle cuánto había ganado, a menos que fuera necesario incluirlo en el contrato matrimonial. Su fortuna no era tan grande como la de él, ni tampoco como la de su hermano, pero la había conseguido por sus propios méritos y no estaba dispuesta a dejar que él se hiciera con el control una vez estuvieran casados.

–Muy bien. Entonces no te importará añadir una cláusula para que todo quede por escrito.

Los ojos de Nico emitieron un destello de furia. Le quitó el bolígrafo de las manos y leyó los papeles. Tachó la cifra, la sustituyó por otra mayor y después añadió una cláusula referente al dinero que ella aportaba al matrimonio.

El primer abogado tomó la página, la leyó y se la devolvió.

–¿Satisfecha? –le preguntó Nico, poniéndole el papel delante de nuevo.

–Te lo haré saber en cuanto haya leído el documento completo.

Tardó veinte minutos en hacerlo, pero finalmente firmó los papeles.

–*Grazie, cara* –dijo Nico.

La agarró de la mano y la ayudó a ponerse en pie. Tina no pudo evitar ese estremecimiento de emoción que ya le era tan familiar.

Él se llevó su mano a los labios y le dio un beso

en el dorso. Era como si pudiera leerle el pensamiento.

—Bueno, y ahora vamos a casarnos.

Tina forzó una sonrisa.

—Sí, vamos.

Partieron hacia Italia en cuanto terminó la ceremonia. Nico quería quedarse en Gibraltar a pasar la noche, pero tenía negocios urgentes que atender y no había tiempo para el recreo.

Aún le costaba creerse un hombre casado. Jamás había pensado en hacerlo tan pronto, ni siquiera para conservar el título nobiliario. Si no tenía hijos el título pasaba a ser de un primo suyo, pero en cualquier caso permanecía en la familia, y eso era suficiente para él.

Tina estaba sentada delante de él en el jet. Todavía llevaba el traje de novia porque él había insistido en marcharse inmediatamente. Le había dicho que se cambiara en el avión, pero ella no había hecho ni el intento. Tenía su libro electrónico en las manos y no levantaba la vista de la pantalla.

Estaba preciosa, no obstante. Se le habían soltado algunos mechones del moño y le caían alrededor del rostro. Tenía los hombros descubiertos y sus pechos, firmes y grandes, amenazaban con salirse del corpiño del vestido. Nico recordaba el beso que le había dado esa mañana cuando había irrumpido en su despacho, con ese bikini diminuto.

Era difícil concentrarse. Cerró el ordenador portátil con brusquedad y ella levantó la vista. Sus miradas se encontraron, chocaron. La tensión sexual se palpaba en el aire.

–¿Por qué no te has puesto algo más cómodo?

Ella se encogió de hombros.

–Puede que no lo sepas, pero hace falta un poco de ayuda para ponerse y quitarse un vestido de novia.

–Yo te ayudaré.

–Podrías romper la tela.

–Podría.

–Bueno, prefiero que no. Si tenemos una hija, me gustaría darle el vestido algún día.

Nico sintió que se le encogía el estómago. ¿Por qué le palpitaba tan rápido el corazón cada vez que hablaba del bebé?

–¿Y si te prometo tener cuidado?

Tina se humedeció el labio inferior.

–Puede que acepte tu ofrecimiento, pues no hay otra forma de salir de este vestido.

Nico creyó que iba a enloquecer. La deseaba tanto... Quería tomarla de la mano, llevarla al dormitorio del avión y hacerle el amor una y otra vez. Pero ya llevaban una hora en el aire y les faltaba poco para aterrizar. Además, quería mucho más de ella. Quería desnudarla lentamente y darle placer hasta que gritara su nombre.

–Te tomo la palabra, Tina, pero lo haremos cuando lleguemos a casa.

Ella bajó la cabeza, pero Nico tuvo tiempo de ver su mirada de decepción. También le deseaba con la misma intensidad. Aquel día en Venecia, había creído que era como el resto de las mujeres. Y lo había sido, hasta el momento en que se había dado cuenta de que no podía olvidar a esa sirena virgen y sensual con la que se había acostado aquella noche.

¿Qué tenía ella de especial? Llevaba mucho tiempo haciéndose esa pregunta.

Si hubiera sabido quién era, no la hubiera tocado. Aún recordaba a aquella chiquilla tímida que había sido. Era tan dulce e inocente por aquel entonces... Su adoración le resultaba divertida.

Pero ella ya no le miraba de esa manera, y lo echaba de menos.

—¿Qué estás leyendo con tanto interés?

—Oh, es solo un artículo sobre elección racional de precios e instrumentos derivados.

Nico parpadeó y buscó entre sus recuerdos de la universidad.

—¿Estás leyendo un artículo sobre ingeniería económica?

—¿Por qué es tan difícil de creer? No me lo has preguntado nunca, pero soy licenciada en Económicas. Y me gradué con honores.

—Impresionante. Me sorprende que no trabajes para tu hermano con ese currículum.

—Sí, bueno, Renzo tiene su propia opinión sobre lo que debo hacer —dijo en un tono un tanto hosco—. Y trabajar para él no entra dentro de sus posibilidades.

—Entonces, es un tonto.

La mirada de Tina se iluminó de repente.

—¿En serio? ¿Eso quiere decir que dejarías que tu esposa trabajara en el departamento financiero de Gavretti Manufacturing?

Nico se quitó una pelusa imaginaria del traje.

–Tal vez. Algún día.

En realidad, no tenía intención de dejarla acercarse al departamento financiero. Al fin y al cabo, no era más que una D'Angeli.

–Supongo que no puedo pedir una respuesta mejor –dijo ella, y se echó a reír–. Apuesto a que pensabas que iba a decirte que estaba leyendo una novela romántica, o un libro de esos que todo el mundo dice haber leído sin haberlo hecho.

Nico no pudo ocultar su sonrisa.

–¿Como cuál?

–Oh, *Ulysses*, *Moby Dick*. Algo enorme, contundente y doloroso.

Nico se tocó el corazón y fingió estar horrorizado.

–Bueno, resulta que a mí me encanta *Ulysses*.

Tina hizo un esfuerzo por no echarse a reír.

–Entonces, siento haber hablado de él tan a la ligera. No me cabe duda de que es una gran obra.

–No lo sientes en absoluto.

Tina dejó de fingir y se rio de nuevo.

–No, en realidad no.

–No te preocupes. Nunca he leído *Ulysses*. Te estaba tomando el pelo.

Ella sacudió la cabeza.

–Qué malo eres.

Él le agarró la mano y le acarició la palma con el pulgar. Podía sentir el temblor que la sacudía. Muy pronto la haría suya de nuevo.

–Me gusta ser malo –le dijo, mordisqueándole los dedos–. De hecho, se me da muy bien.

Capítulo 9

TINA estaba en vilo, igual que aquella noche en Venecia. Entonces, al subirse a la góndola con aquel enigmático desconocido, sabía que iban a terminar en la cama juntos, aunque no quisiera reconocerlo.

En ese momento, en cambio, no podía negarlo. Lo deseaba con tanta desesperación que sentía un hormigueo en la piel. Daba igual que un rato antes hubiera estado furiosa. Nada importaba excepto el hecho de que se había parado en aquella pequeña capilla y había prometido amarle y respetarle hasta que la muerte los separara. Su corazón palpitaba sin control y le sudaban las palmas de las manos. El hombre que estaba a su lado la miraba con esos ojos grises que la atravesaban.

Ya estaban juntos de manera oficial, y esa era su noche de bodas, pero Tina no era capaz de hacerse a la idea. Era una mujer casada, la *marchesa di Casari*, y su familia no lo sabía. Una profunda culpabilidad se apoderó de ella. Renzo montaría en cólera cuando se enterara. Afortunadamente, no obstante, eso no sucedería hasta dos semanas después.

El avión había aterrizado una hora antes. Tina pensaba que iban a regresar al Castello di Casari, pero estaban en Roma. También esperaba que Nico la llevara a un enorme caserón en alguna parte de la ciudad, pero su residencia en Roma finalmente resultaría ser un apartamento exclusivo desde el que se divisaban las ruinas y los tejados milenarios de la ciudad.

No había empleados del servicio esperándoles para darles la bienvenida. Solo estaba él y las luces de Roma, que se extendían a sus pies como una alfombra de luciérnagas en la noche.

De repente, Tina tuvo una extraña sensación en mitad de aquel salón oscuro. Nico iba hacia ella. Se había quitado la corbata un rato antes y se había desabrochado un par de botones de la camisa, dejando ver un poco de piel bronceada.

Se concentró en ese pedacito de piel hasta tenerle delante y entonces le miró a los ojos. Una vez más se dejó impresionar por su belleza. Sus ojos penetrantes y sus pómulos perfectos resultaban abrumadores.

Él tomó una de sus manos sin romper el contacto visual y se la colocó sobre el hombro. Después hizo lo mismo con la otra.

–Al fin solos –le dijo con una sonrisa maliciosa.

–Eso parece.

–Te deseo, Tina –le dijo, dándole un beso en la mejilla.

Ella cerró los ojos y echó la cabeza atrás mientras él la besaba en la mandíbula y en el cuello.

–Demasiado –murmuró sobre su piel.

La vibración de su voz era pura adrenalina.

–Llevo horas pensando solo en esto.

Tina sintió un estremecimiento.

–Debería decirte que no –le dijo, conteniendo el aliento al sentir sus labios detrás de la oreja.

–Es inevitable, *bella*. Tú me deseas tanto como yo a ti.

–Puede ser –admitió ella–. Pero no es que esté encantada con tu forma de tratarme.

Él levantó la cabeza y la miró a los ojos.

–El acuerdo prematrimonial fue necesario. Lo sabes.

Ella se encogió de hombros, pero no quitó las manos de sus hombros.

–Lo sé. Pero podrías haber elegido otro momento mejor para hacerlo.

Él suspiró y deslizó las palmas de las manos por sus caderas.

–No estaba listo antes. Hace falta tiempo para elaborar un documento de ese tamaño.

–Ya lo sé, Nico. No soy idiota. Pero podrías haberme dicho antes que íbamos a firmar un acuerdo.

Él bajó la cabeza y deslizó los labios por su cuello. Tina intentaba no emitir sonido alguno. No quería rendirse a sus caricias tan fácilmente.

–Lo siento. Debería haberlo mencionado antes.

Tina suspiró. Ella también tenía una disculpa que dar.

–Gracias por haberme traído los trajes de novia. Fue un detalle de tu parte.

Nico la agarró del trasero.

–Yo pensaba que estabas enfadada por eso.

–Sí. Pero me di cuenta de que solo intentabas ser amable. Hiciste las cosas como suelen hacerlas los hombres. Eso es todo.

–¿Como suelen hacerlas los hombres?

Ella asintió con la cabeza y le miró a los ojos.

–Sí. Diste por hecho que me harías feliz, así que seguiste adelante sin preguntarme.

–¿Y tú preferirías que te consultara en el futuro al tomar decisiones de esa naturaleza?

–Sí, cuando se trate de decisiones que me afectan, sí.

Él bajó la cabeza y deslizó la lengua a lo largo del borde de su escote.

–¿Y qué me dices de esto, Tina? ¿Quieres que siga? ¿O nos damos las buenas noches?

–Nico...

–Tienes el poder de decir que no. Yo solo quiero a una esposa dispuesta en mi cama –dijo, y la apretó contra su cuerpo.

Tina se estremeció. Sentía la fuerza de su deseo contra el abdomen.

–Creo que estoy preparada –le dijo.

–¿Lo crees o lo sabes? No quiero ambigüedades, *cara*. Me eliges ahora, o te vas sola a la cama.

–Lo sé. Lo sé.

Tina le rodeó el cuello con los brazos al tiempo que él la besaba. Capturó sus labios y le dio un beso abrasador que la hizo gemir. Sentía su lengua en la boca y las rodillas le temblaban de repente.

Estaba excitada y lista para él, y él lo sabía. Sentía los latidos de su corazón en los oídos, en la garganta, en el pecho. Él la lamía sin parar y no podía hacer otra cosa que aferrarse a él.

La hacía sentir tantas cosas... Las emociones rompían contra ella como las olas del mar. La sed crecía en su interior, sed de él. ¿Cómo podía desearle tanto? ¿Y cómo era posible que fuera tan malo para ella?

Nico le tiró de las caderas hasta hacerla sentir su impresionante erección. Tina gimió. De repente, era demasiado. Ya no podía esperar más. Había decidido hacerlo y no había vuelta atrás.

Tiró de los corchetes de su camisa con impaciencia. Él se quitó la chaqueta y la dejó caer al suelo. Le agarró las manos y la ayudó a abrir la camisa. Los corchetes cayeron por todas partes.

De repente las manos de Tina estaban sobre su cálida piel. Deslizaba las palmas de las manos sobre esa dura superficie tersa. Quería desnudarle lo antes posible. No era capaz de pensar en nada que no fuera él. La volvía loca de deseo.

Le sacó la camisa de dentro de los pantalones y comenzó a desabrocharle el cinturón mientras él le desabrochaba los botones de la espalda del vestido. Podía sentir su frustración mientras batallaba con esos diminutos botones.

De repente dejó de besarla y la hizo darse la vuelta en sus brazos.

–No los arranques –le dijo ella.

–No lo haré.

Su voz sonaba seca, tensa. La hizo temblar.

Poco a poco, el corpiño comenzó a aflojarse, pero Nico perdió la paciencia y la hizo darse la vuelta de nuevo. Le bajó el frente del traje lo suficiente para poder tocarle los pechos. Empezó a acariciarle los pezones con las yemas de los pulgares. Los tenía duros y firmes.

–*Dio*, eres tan hermosa...

Tina sintió que una corriente de placer recorría su abdomen hasta llegar a su sexo. Niccolo Gavretti le había dicho que era hermosa. Nico, ese famoso playboy, su amor platónico de la adolescencia, acababa de decirle que era hermosa. De alguna manera, era un sueño hecho realidad.

Quería decirle que él también era hermoso, pero no tuvo tiempo. De pronto él capturó sus labios, desterrando todo pensamiento de su mente excepto uno.

«Te necesito ya».

Su boca buscaba, exigía, y ella respondía con la misma avidez. Los latidos de su corazón martilleaban contra su pecho. Con la piel ardiendo, trataba de acercarse a él más y más. Nico agarró varios vuelos de su falda y se la levantó para poder bajarle las bragas. Un segundo después cayeron al suelo.

–Ahora, Nico –le susurró contra los labios–. Ahora.

Él comenzó a empujarla hacia atrás hasta que se topó con algo. Antes de que pudiera averiguar qué era, la levantó en el aire y la sentó sobre una mesa. Estaba tan concentrada en él que no sabía dónde se hallaban el comedor la cocina, el salón... No importaba. Lo único que importaba era que por fin estaba en sus brazos y que tenía que vivir el momento.

Tina le rodeó la cintura con las piernas al tiempo que él le separaba los muslos. Se puso entre ellos. Apoyó las manos en sus caderas y la sujetó firmemente mientras la besaba una y otra vez. Sus besos eran abrasadores, delirantes, adictivos. Tina buscó la cremallera de su pantalón y se la bajó. Le temblaban los dedos. Un segundo después metió las manos por dentro, liberando su miembro erecto.

Él gimió al sentir el tacto de sus dedos alrededor. Le agarraba con toda la mano y deslizaba la palma a lo largo de su pene. Le levantó más la falda y la hizo apartar las manos.

Ella gimió, pero un momento después sintió la punta de su miembro, presionando contra su sexo. Todo pensamiento racional la abandonó.

Él la agarró del trasero y empujó hacia dentro con fuerza. No era un movimiento brusco, pero sí era arrollador. Tina gritó, sorprendida. Se quedó quieta un instante.

—¿Te he hecho daño?

—No. Por favor, no pares.

—¿Parar? No es posible, *cara*. No es posible.

Se inclinó hacia delante y la besó de nuevo. Le sentía palpitar en su interior. ¿Había sido así de emocionante la primera vez? ¿Le deseaba tanto que había estado dispuesta a hacer cualquier cosa para tenerle?

Era muy posible, pero ya no tenía importancia. Lo único que importaba era el presente. Niccolo Gavretti hacía música con el cuerpo de una mujer y Tina sabía que esa noche sería incluso mejor que la primera porque ya no era tan inexperta como antes. Sabía qué esperar y lo deseaba.

Le deseaba.

Tina no quería soltarle. Era como si tuviera miedo de despertarse y descubrir que todo había sido un sueño. Le rodeó el cuello con los brazos y se inclinó hacia delante al tiempo que él empezaba a moverse. Sus lenguas se enredaron y Nico comenzó a empujar con una habilidad que casi la hacía llorar de placer. Sabía que trataba de ser cuidadoso, pero no era posible, para ninguno de los dos. Estaban unidos y esa vez no había barreras entre ellos. Habían esperado dos largos meses para estar en ese mismo lugar de nuevo, aunque no supieran exactamente qué esperaban.

Nico la empujó hacia atrás y la hizo apoyar las manos sobre la mesa. Tina arqueó la espalda y echó hacia delante los pechos. Nico le mordió un pezón y un dardo de placer la atravesó por dentro. Ya no podía aguantar más.

–Nico... –susurró. Sus sentidos estaban llenos de él.

Dentro de ella, la explosión comenzó a gestarse. Le hacía el amor con vigor, con fuerza y desesperación, como si hubiera aguantado demasiado tiempo y estuviera al borde del abismo. Le clavó los dedos en las caderas y empujó con contundencia.

Tina le miró a los ojos un instante. Estaba inclinado sobre ella, con la camisa colgando de los hombros. Su piel brillaba con el sudor. Tina le tocó el cabello al tiempo que él deslizaba la boca sobre sus pechos. Sus labios se cerraron alrededor del otro pezón. Tina le sujetó la cabeza y gimió. Tenía los pechos muy sensibles, más que nunca. Gritó su nombre. Lo que le hacía con la lengua era un dulce tormento.

Él empujaba una y otra vez, de una forma casi salvaje. De repente, Tina emitió un grito y su cuerpo

se contrajo con toda la fuerza de un orgasmo. Apretó
las piernas alrededor de él, como si fuera a dejarla
en cualquier momento.

Pero él no lo hizo. Y no se detuvo. Le agarró el
trasero y la levantó hacia él, buscando un nuevo án-
gulo que la hizo volver a contener el aliento.

–Otra vez –le dijo. Los músculos de su cuello y
de su pecho estaban duros como cuerdas.

Tina se tumbó sobre la mesa y flexionó los brazos
por encima de la cabeza, abandonándose al placer.
Cerró los ojos y empujó con las caderas hacia él. En
ese momento solo existía para el placer que él le daba.
Se tendió sobre ella. La tela del vestido provocaba un
ruido de fricción. Se estaría arrugando sin remedio.

Pero nada importaba en ese momento.

Él la dominaba con la fuerza de su cuerpo mas-
culino. Le rodeó la espalda con las piernas. Lágrimas de placer salían de sus ojos cerrados y le caían
por las sienes.

Todo era demasiado hermoso, demasiado perfecto. Se sentía más feliz de lo que debía estar en
realidad.

–Tina... *Dio*, no llores –entrelazó sus dedos con
los de ella y buscó su boca.

La besó con mucha más dulzura de la que Tina
esperaba en ese momento. Pero una oleada de
miedo la invadía por dentro.

Todo era bonito, demasiado bonito. ¿Pero sentía
él lo mismo? ¿O estaba haciendo con ella lo que hacía con todas?

Tina apretó los párpados. No podía pensar así.
No podía hacerlo. Estaban casados y había un bebé

en camino. Niccolo Gavretti era suyo. Además, ¿no era eso lo que quería? Quería ser su dueña. Él levantó la cabeza de repente, como si pudiera sentir la tormenta que se avecinaba en su interior.

—Estás pensando demasiado. Deja de pensar.

Empujó con toda su fuerza, una y otra vez, cada vez más rápido, hasta hacerla perder la razón con un orgasmo delirante. Tina soltó el aliento y gimió con todo su ser.

Un segundo más tarde, Nico fue tras ella. Se aferró y arremetió por última vez. Un estremecimiento profundo le sacudió de los pies a la cabeza.

El corazón de Tina latía en el silencio, llenando sus oídos con el sonido de la sangre que corría por su cuerpo ultrasensible. Le tocó el cabello y le sujetó contra su pecho. Tenía el pelo mojado y su aliento le enfriaba la piel.

Miró hacia el techo, maravillada por lo que acababa de pasar entre ellos. Todavía llevaba el traje de novia y estaba tumbada sobre una mesa. Ni siquiera habían llegado al salón.

Se había casado con alguien a quien su familia odiaba y había hecho el amor con él sobre una mesa. En otra situación quizás hubiera sentido vergüenza de sí misma, pero ese día no. El carácter ilícito de ese encuentro amoroso la tenía embelesada.

Niccolo Gavretti no era un mal hombre. Quería lo mejor para el bebé, al igual que ella, y le había enviado un montón de trajes de novia para que escogiera uno. Había intentado darle algo especial. El detalle no le convertía en buena persona, pero por lo menos le hacía parecer más humano.

Nico se apartó y Tina pensó que se marchaba. Seguramente saldría del apartamento y no volvería hasta muy tarde.

–No me voy a ir, Tina –le dijo él, como si pudiera leerle el pensamiento.

–Espero que no –le dijo ella, apoyándose en los codos.

Nico le alisó el traje de novia y la ayudó a ponerse en pie. Le temblaban las piernas y se tropezó contra él. Él la sujetó de la espalda, poniendo las manos sobre su piel caliente.

–Definitivamente, no hemos terminado todavía –le dijo, colocándole un mechón de pelo detrás de la oreja–. Esto solo ha sido el preludio.

El corazón de Tina seguía latiendo a toda velocidad.

–Pues vaya preludio.

Él la besó. A pesar de todo lo que acababa de pasar, aunque estuviera agotada, no podía evitar sentir excitación nuevamente. El deseo prendía como una llama.

–Todavía no has visto nada –le dijo él.

Nico yacía en la oscuridad y escuchaba la respiración de la mujer que estaba a su lado. Se había quedado dormida horas antes, pero él no era capaz de hacer lo mismo. La maquinaria de su mente iba demasiado rápido. Estaba saciado, ebrio de sexo, y sin embargo, si ella se volvía hacia él y le hacía una caricia en el muslo, seguramente volvería a excitarse en cuestión de segundos.

Lo que no entendía era el porqué. ¿Por qué sentía esa necesidad tan grande de estar con ella?

Siempre le habían gustado mucho las mujeres y el sexo, y pasaba largas noches de pasión con aquellas de las que se encaprichaba. Eso no era algo inusual. Lo extraño era lo intrigado que se sentía por esa mujer que estaba a su lado y que se había convertido en su esposa de la noche a la mañana. Se volvió en la cama, deslizó una mano por su cadera y tiró de ella hasta acurrucarla contra su propio cuerpo. Solo quería estar a su lado y escucharla respirar.

Valentina D'Angeli.

Valentina Gavretti.

Tenerla en sus brazos era la forma perfecta de vengarse de Renzo, pero no era capaz de sentir el triunfo.

Ella se volvió en sus brazos en ese momento y apoyó la mano sobre su mejilla. Si Renzo intentaba apartarla de él...

–Nico –susurró ella en un suspiro.

–¿Sí, *cara*?

La vio sonreír en la oscuridad.

–Nada.

Su cuerpo ya estaba reaccionando, aunque intentara pensar en otra cosa que no fuera el sexo. Su pene palpitaba y crecía por momentos. Le apartó un mechón de pelo de la cara.

–Dime algo, Tina.

–¿Qué?

–No entiendo cómo seguías siendo virgen.

–No había encontrado a nadie con quien quisiera estar.

–Entonces, ¿por qué me elegiste a mí?

–En realidad, elegí a otra persona. Pero olía a ajo. Tú no.

Nico parpadeó.

–¿Me estás diciendo que todo fue por el ajo?

–Sí. Ajo. Uno no debería comer ajo si espera seducir a una mujer.

Nico no pudo evitar reírse.

–Entonces, supongo que debería dar gracias por haber evitado comer ajo.

Tina echó la cabeza atrás y le miró a los ojos. Nico podía sentir la intensidad de su mirada, aunque no pudiera verle bien los ojos en la oscuridad.

–¿Lo dices de verdad?

Nico guardó silencio. Lo cierto era que no sabía muy bien qué había querido decir.

–No me arrepiento de haber sido tu primer amante, Tina –le dijo, cambiando de posición para que pudiera sentir la prueba de su deseo por ella.

–Oh –exclamó Tina con un mero susurro.

Había decepción en su voz. ¿Era por el bebé? ¿O acaso era que esperaba algo más que simple lujuria y sexo desenfrenado?

No lo sabía con certeza y no quería preguntarle. No quería hablar de expectativas, ni tampoco de lo que podría pasar cuando se cansaran el uno del otro. Era demasiado pronto y todavía se estaba acostumbrando a la idea de tener una esposa.

–Duérmete, Tina. Tienes que descansar.

–¿Y si no quiero dormirme?

–¿Qué es lo que quieres?

–Creo que ya lo sabes.

Él la atrajo hacia sí y le tocó el pelo que tenía sobre la sien.

–¿Pero cómo puedo tener tanta suerte?

Ella deslizó una mano por su cadera.

–Disfrútalo mientras puedas. Me imagino que las cosas cambiarán cuando empiece a crecer este bebé –le dio un beso en el pecho y agarró su sexo erecto.

–Dime lo que quieres –le dijo Nico, casi con un gruñido.

Ella le empujó hacia atrás de repente y se sentó sobre él a horcajadas. Sus movimientos eran lentos al principio, inexpertos, pero poco a poco fue acelerando hasta hacerle perder el sentido de la realidad. Nico la agarró de las caderas y empujó con fuerza hacia arriba. Ella se puso tensa y masculló su nombre, llevándole al éxtasis rápidamente. Apenas unos segundos después yacía sobre ella, agotado y saciado.

–Eso ha sido genial –dijo Tina y entonces le dio un beso lento y delicado–. Genial... Y, Nico... –añadió al ver que él seguía sin aliento–. Yo también me alegro de que fueras tú el primero.

Algo se clavó en el corazón de Nico de repente. Había sido el primero, pero su forma de hablar daba a entender que habría un segundo.

Cerró los ojos y la atrajo hacia sí.

Capítulo 10

PASARON unos días en Roma para que Nico pudiera ocuparse de unos negocios pendientes. Durante el día asistía a reuniones, trabajaba en casa y mantenía largas conferencias telefónicas desde su despacho, pero, por la noche, Tina le tenía todo para ella. Temblaba con solo pensar en lo que sucedía por las noches, y también a veces durante el día, cuando llegaba pronto a casa.

Cuando la buscaba por las noches y deslizaba la palma de la mano por su cadera, la hacía estremecerse. La devolvía a la vida cada noche con sus caricias.

–Hola, llamada para Tina desde el planeta Tierra. ¡Hola!

Tina miró a Lucia.

Su amiga estaba sentada enfrente de ella en el restaurante. No paraba de mover la mano delante de su cara.

–Lo siento –dijo Tina, sonriendo. Agarró su vaso de agua y bebió un sorbo–. Solo estaba pensando.

Lucia hizo una mueca.

–Ya me imagino en qué estabas pensando. Ese hombre es impresionante, y tú eres una chica con suerte.

–Pero para casarse hace falta algo más que un marido despampanante.

Se lo había contado todo a Lucia, pero su amiga parecía fascinada con toda la historia. Era como si volvieran a tener dieciséis años y hubieran robado unos cigarrillos.

–Oh, no me cabe duda –Lucia levantó su vaso–. Pero tampoco viene mal, ¿no? –bebió un sorbo–. Bueno, dime si su apodo es merecido. ¿También es el Pícaro Niccolo en la cama?

Tina se puso roja.

–Lucia, no creo...

Su amiga se echó hacia atrás y parpadeó.

–No me digas que te has enamorado de él. Tina, no es el tipo de hombre al que se puede amar.

–No, claro que no.

Tina hizo un gesto con la mano, como si su amiga acabara de decir una gran tontería.

–Estoy embarazada, pero no soy estúpida.

Lucia clavó el tenedor en un trozo de lechuga de su ensalada.

–Todavía no sé por qué te has casado con él. Ya no tienes que casarte con un hombre porque estés embarazada de él. Y tampoco tienes por qué tener el bebé.

–Lo sé. Pero quiero tener este bebé. Y Nico insistió bastante también cuando se lo dije.

–Bueno, no me extraña, con todo el asunto del título nobiliario y los problemas de sucesión –Lucia soltó el tenedor de pronto y abrió los ojos como platos–. Dios mío, acabo de darme cuenta de que ahora eres marquesa. ¡Las chicas del St. Katherine se llevarían una enorme sorpresa!

Tina se rio.

–Bueno, más bien les costaría un poco creérselo.

–Menos mal que esos días han quedado atrás.

–Sí –Tina se tocó el abdomen. Todavía lo tenía plano, pero muy pronto se le empezaría a notar–. Y puedes estar segura de que no pienso enviar a mi hijo a ese horrible sitio. No pienso enviarle a un internado.

Lucia volvió a sonreír.

–¡Es que no me puedo creer que vayas a ser madre! Me alegro mucho por ti, pero, Tina, es algo increíble. Debe de haber una probabilidad entre un millón de que pasara en tu primera vez.

–Una probabilidad entre un millón o más.

–¿Tienes miedo?

Tina puso la mano sobre la de su amiga.

–No. Estoy aprendiendo muchas cosas sobre el embarazo.

Un día después de llegar a Roma, al despertarse por la mañana, se lo había encontrado con el ordenador portátil abierto en la cama.

–Mira, *cara*, esta es la página de la que te hablé. Puedes registrarte y seguir la evolución de tu embarazo. Hay artículos, foros, un boletín de noticias. Hay tanto que aprender... –le había dicho él.

Tina todavía sentía una punzada de dolor cuando recordaba la expresión de su rostro. ¿Cómo iba a pensar que no se preocupaba por ella si hacía cosas como esa? Era cierto que nunca hablaban sobre sus sentimientos, pero él tenía que sentir algo.

–¿Cuándo se lo vas a decir a tu madre y a Renzo? Tienen derecho a saberlo, Tina.

Tina se echó hacia atrás y suspiró.

–Lo sé.

Esa era la única espina que tenía clavada. Aún sentía que había traicionado a su familia al casarse con Nico.

Después de comer fueron a hacer unas compras. Luego, Tina se despidió de su amiga y subió al coche con chófer que Nico le había proporcionado para que la llevara a todas partes. Incluso tenía guardaespaldas. Dos hombres trajeados con auriculares la seguían a todas partes. Viajaban en otro coche y vigilaban todos sus movimientos con discreción.

Al entrar en el apartamento oyó la voz de Nico. Estaba en su despacho. No parecía muy contento, así que se detuvo. Vaciló un instante, pero el frío tono de su voz la hizo seguir adelante hasta llegar a la zona del salón. De repente oyó la voz de una mujer.

Sonaba arrogante y altiva. Tenía el acento refinado de una aristócrata y parecía estar furiosa. Tina tardó unos segundos en darse cuenta de que la voz procedía del altavoz del teléfono.

–Eres un hijo ingrato, Niccolo. Yo lo sacrifiqué todo por ti.

–¿Qué sacrificio hiciste, madre? Si no recuerdo mal, fue muy poco lo que sacrificaste.

–Eres igual que tu padre. No te importo lo más mínimo. Siempre te pusiste de su lado. Siempre.

–Yo no hice eso. Solo era un niño. No sabía quién

tenía razón y quién no. Pero sí sabía una cosa. Ninguno de los dos me queríais a vuestro lado.

—Fue difícil —dijo su madre después de un largo silencio—. Fingimos hasta que te fuiste al colegio. Después ya dejó de tener sentido.

—Sí, y, cuando te supliqué que me dejaras volver a casa, nunca estabas disponible. Siempre estabas viajando, o en el spa. Qué dura fue tu vida, madre.

A Tina se le encogió el corazón al oírle hablar con tanta crudeza. De repente sintió una gran pena por ese niño que había sido.

—Ahora es muy dura. Tuve que soportar los escarceos amorosos de tu padre durante años, la humillación. Pero siempre supe que cuidarían de mí en la vejez. Y ahora tú lo has heredado todo y tengo que arrastrarme ante ti para pedirte una limosna.

—No eres una mendiga —dijo Nico.

Su voz sonaba cruel, llena de emoción.

—Tienes una paga muy generosa, y a partir de ahora dejarás de vivir por encima de tus posibilidades. No voy a dilapidar los fondos de la empresa para darte caprichos.

—Eso es absurdo. La empresa no corre ningún peligro. Eres un hijo cruel y desagradecido que prefiere ver sufrir a su madre y que no se preocupa por ella.

—Ya es hora de terminar esta conversación.

—Pero no he terminado...

—Yo sí.

La madre de Nico no volvió a hablar y Tina supo que debía de haber colgado. Caminó hasta la entrada del despacho. Tenía un nudo en la garganta. Nico estaba sentado, con la cabeza entre las manos.

Debió de oírla acercarse, porque en ese momento levantó la cabeza.

—No sabía que ya estabas en casa —le dijo ella. Su cuerpo temblaba con la fuerza de los sentimientos que experimentaba en ese momento. Era como si se hubiera caído por un precipicio y ya no hubiera vuelta atrás.

Él se puso en pie y se metió las manos en los bolsillos. Parecía inquieto, nervioso.

—Terminé pronto mis reuniones.

Tina quería ir hacia él, estrecharle entre sus brazos, pero seguramente a él no le gustaría. Trató de sonreír como si no pasara nada, como si no se le estuviera rompiendo el corazón.

—Fui a comer con mi amiga Lucia. Estuvo bien salir un rato.

La cara de Nico dejaba claro que la última parte de la frase no le había gustado.

—¿Te robo demasiado tiempo? —su tono de voz sonaba peligrosamente gélido.

La estaba tomando con ella porque aún seguía enfadado tras la conversación con su madre.

—No es eso lo que quería decir. Has tenido muchas reuniones últimamente y me ha gustado poder ver a mi amiga. Eso es todo.

Nico se revolvió el cabello con la mano y le dio la espalda.

—Tengo trabajo que hacer, Tina.

Ella se detuvo detrás de él. Quiso ponerle una mano sobre el brazo, pero se lo pensó mejor.

—¿Quieres hablar, Nico?

Él se volvió hacia ella bruscamente.

–¿De qué? –señaló el teléfono–. ¿De mi madre? No hay nada que puedas decir que haga cambiar la situación, *cara*.

Tina respiró profundamente.

–No. Eso ya lo suponía. Pero es evidente que estás muy molesto por ello. A veces viene bien hablar.

Nico dejó escapar una amarga risotada.

–No sabes nada de mi vida, Tina. Nada. No puedes entrar aquí, pedirme que hable y pensar que todo va a mejorar por eso.

–Yo no he dicho que todo vaya a mejorar. He dicho que algunas veces viene bien.

–Eres una niña, una chica ingenua que no sabe nada de las relaciones entre la gente. Creciste sobreprotegida en el seno de una familia que te quería y cuidaba de ti. ¿Qué vas a saber tú de mi vida? El único valor que yo tenía para mis padres era que era un chico y que iba a ser el heredero.

Sus palabras se clavaron en el corazón de Tina, pero no quería darse por vencida.

–Si te sientes mejor tomándola conmigo, adelante.

Él la miró fijamente durante un largo minuto. Había mucho dolor en sus ojos. Masculló un juramento y dio un paso atrás.

–Vete, Tina. Déjame solo. Me recuperaré pronto.

Tina estaba sentada en la terraza con una taza de té y el móvil en la mano. Le estaba mandando un mensaje a Faith, fingiendo que todo iba bien. Faith le había mandado fotos del bebé en brazos de Renzo, fotos que la hacían añorar algo que no podía tener.

No sabía si llegaría a tener algo así con Nico algún día, pero no quería perder la esperanza. Se sentía culpable por enviar tantos mensajes sin hacer ni una sola mención a su embarazo y a la boda, pero era mejor así. No quería ni imaginarse lo furioso que se pondría Renzo al enterarse de todo.

Faith le había pedido que se reuniera con ellos, pero le había dicho que no podía porque se iba a Tenerife con Lucia. Se sentía mal diciendo una mentira, pero decirlo todo en un mensaje de texto no era la mejor manera de comunicárselo a su familia.

Cuando terminó de mandar los mensajes se quedó allí sentada, contemplando la cúpula de la basílica de San Pedro en la distancia. Las campanadas sonaban a cada hora. El murmullo de un tráfico denso llegaba desde la calle y también se oía algún grito ocasional de la gente.

Roma era un lugar bullicioso a cualquier hora del día. Amaba esa ciudad, pero en ese momento hubiera preferido estar en un sitio más tranquilo.

Castello di Casari.

—Tina.

Se volvió hacia su voz. Nico estaba en el umbral, observándola. Tenía las manos metidas en los bolsillos y estaba inclinado contra el marco de la puerta. Llevaba unos vaqueros desgastados y una camisa blanca, con los dos últimos botones desabrochados.

Fue hacia ella y se detuvo junto a la silla. No la miraba. Miraba al frente, hacia las luces de la ciudad. Tina quería agarrarle la mano y rozarla contra su propia mejilla.

«Amor», le susurró una voz interior. «Le amas».

Pero no era amor, sino solidaridad.

—¿Has terminado de trabajar? —le preguntó con entusiasmo.

Él apartó una silla y se sentó frente a ella.

—Sí.

No dijo nada más durante un rato y entonces se sacó una cajita del bolsillo. La puso sobre la mesa. Al ver que Tina no decía nada, la empujó hacia ella.

—¿Qué es esto? —a Tina empezó a latirle el corazón con más rapidez. Tomó la cajita de terciopelo, pero no la abrió.

—Una disculpa, algo que he debido darte antes.

Tina abrió la cajita y contuvo el aliento. El diamante que había dentro capturaba la luz y la refractaba, generando un arcoíris de colores brillantes que iluminaban el atardecer. Tendría unos seis quilates por lo menos y estaba rodeado de diamantes más pequeños. Era una pieza muy elegante y cara.

—Es precioso.

Él tomó la cajita y sacó el anillo. Se lo puso en el dedo. Tina lo contempló, moviendo la mano para que atrapara la luz.

—Si no te gusta, puedes elegir otro.

Ella sacudió la cabeza.

—Gracias —le dijo, manteniendo la vista baja para que no viera el dolor que había en sus ojos.

Le había dado un anillo de boda, pero parecía que no significaba nada para él. Solo era una cosa más en su lista de asuntos pendientes, una forma de recompensarla por la manera en que la había tratado antes.

—Siento haberte tratado así.

—Estabas enfadado.

—Pero no era culpa tuya.

—No debería haber dicho nada —Tina se encogió de hombros y comenzó a jugar con su móvil, que estaba sobre la mesa—. ¿Quién soy yo para dar consejos? Estoy embarazada y casada, y todavía no se lo he dicho a mi familia. No debería intentar darle consejos a nadie hasta que resuelva mis propios problemas.

—Tu familia te quiere, Tina. Renzo te quiere. Va a enfadarse mucho, pero no por lo que has hecho, sino por la persona con la que lo has hecho. Sin embargo, no va a dejar de quererte por eso.

—Lo siento, pero no sé cómo puedes estar tan seguro de eso. Él te odia, y yo le he traicionado. No, no creo que deje de quererme, pero no querrá verme.

Nico soltó el aliento.

—¿Por qué me contaste lo del bebé? No tenías por qué hacerlo. Si no lo hubieses hecho, no habrías tenido que preocuparte por las consecuencias.

Tina se tragó el nudo que tenía en la garganta.

—No me puedo creer que me estés preguntando eso. Hace un rato no querías ni hablar conmigo —extendió las manos sobre la mesa y sacudió la cabeza—. Pero te lo diré. Te demostraré que puedes hablar de las cosas que te preocupan y que el mundo no se acaba si lo haces. Te dije lo del bebé porque crecí sin un padre. Siempre he querido saber quién era, pero mi madre no me lo decía. Y estaba decidida a impedir que eso mismo le ocurriera a este bebé. Sin embargo, no esperaba que insistieras en casarte.

Los ojos de Nico emitieron un destello.

–No. Tú pensabas que íbamos a vivir cada uno por nuestro lado y que iría a visitar al niño de vez en cuando, cuando fuera posible, siempre y cuando tu hermano no me lo impidiera.

Tina quería negarlo, pero no podía. Eso era exactamente lo que había pensado. Había dado por hecho que él iba a conformarse con un régimen relajado de visitas.

Bajó la vista.

–No te lo voy a negar. Realmente, nunca pensé que estarías interesado en ser padre. No esperaba que quisieras ser parte de la vida de este bebé.

–Te preguntaría por qué te hiciste esa idea, pero estoy seguro de que puedo encontrar la respuesta yo solo.

Ambos sabían que sus escarceos amorosos aparecían en la prensa rosa todos los días.

–No es que hayas tenido relaciones a largo plazo en los últimos años.

–La experiencia me dice que no suelen funcionar.

Tina sintió una punzada en el corazón.

–¿Lo dices desde la experiencia personal o según lo que ves a tu alrededor? Yo diría que son dos cosas distintas.

La expresión de Nico se volvió incierta durante unos segundos, pero su rostro se endureció de inmediato.

—Gracias a mis padres tengo un concepto muy triste de lo que es un matrimonio.

—Solo son dos personas. No se puede generalizar a todo el mundo.

Nico sacudió la cabeza.

—De todos modos, crecí con ellos. Deberían haberse divorciado hace muchos años, pero siguieron juntos y se hicieron la vida imposible el uno al otro.

—Y te la hicieron imposible a ti.

Tina esperaba que se pusiera furioso, pero lo único que hizo fue frotarse la cara con las manos antes de volver a mirarla.

—Sí. A mí también. Me hicieron la vida imposible. Y mi madre sigue haciéndolo.

—¿Por qué te has casado conmigo, Nico?

Él apartó la mirada, como si no pudiera hacerle frente en ese momento.

—Ya sabes por qué.

—Sí, supongo que sí. ¿Pero qué pasará cuando nazca el bebé?

Él se encogió de hombros.

—Vamos a tomarnos las cosas con tranquilidad, Tina. Te prometo que nunca dejaré que este niño se sienta como yo me sentí. Y estoy seguro de que tú tampoco lo permitirás. Ya pensaremos en algo y seremos mejores padres que los míos.

A Tina le dio un vuelco el corazón.

—Te lo agradezco. Y creo que ahora sí lo entiendo todo.

—¿Entender qué?

—Parecías incómodo cuando Giuseppe aludió a la muerte de tu padre, y más tarde, cuando yo mencioné el tema, fue como si no quisieras que hablara de ello, pero parecía que no tenías más remedio que aceptarlo.

Nico guardó silencio unos segundos. Se limitó a mirarla fijamente, como si estuviera conteniendo muchas emociones.

—La verdad es que yo le odiaba, pero no siempre fue así. Durante años le veneré, busqué su afecto a toda costa, más que el de mi madre incluso. En eso ella tiene razón. Era tan... maliciosa y mezquina. Él era todo lo contrario, dueño de sí mismo, circunspecto. Lo tenía todo bajo control. Pero pronto me di cuenta de que solo se preocupaba de sí mismo.

A Tina se le llenaron los ojos de lágrimas. Le agarró la mano y se la apretó con fuerza.

—Lo siento, Nico.

Él no apartó la mano en esa ocasión. En vez de eso, pegó su palma a la de ella.

—Yo quería lo que tú tenías —dijo. Las palabras le salían atropelladamente—. Iba a tu casa tan a menudo porque quería ser parte de lo que tu familia tenía. Tu madre es muy amable, encantadora. Me encantaba sentarme a la mesa de la cocina con todos vosotros para cenar. En aquella época eso era lo único auténtico que había en mi vida.

—A mí me encantaba que estuvieras. Creo que a todos nos gustaba. Renzo te veía como a un hermano.

Nico apartó la mano entonces.

—Fue hace mucho tiempo —dijo con cierta tensión.

Tina se tragó el nudo que tenía en la garganta.

—Las cosas podrían volver a ser así. Si pudieras hablar con Renzo...

–*Maledizione* –Nico se puso en pie de golpe. Todo su cuerpo vibraba de rabia–. ¿No lo entiendes? Soy un Gavretti. Destruyo todo lo que toco.

Se dio la vuelta y entró en la casa.

Tina se quedó allí sola, contemplando la cúpula de la basílica de San Pedro en la distancia.

Capítulo 11

A OSCURAS en su despacho, Nico caminaba de un lado a otro, molesto consigo mismo por haberle desvelado tantas cosas. No soportaba mostrarse vulnerable.

Masculló un juramento. Podía verla por la ventana. Seguía sentada en la terraza, sin moverse.

Le había dicho que destruía todo lo que tocaba, y era cierto. Renzo y él eran amigos. Estaban trabajando juntos en un proyecto que lo era todo para su amigo, y él lo había estropeado todo. Al final se había convertido en cómplice de su padre al hacer lo que le exigía.

Si Tina llegaba a enterarse de lo que había hecho, iba a odiarle para siempre. Él era el responsable directo del fracaso del negocio de Renzo en su primer año de existencia. Le había dado la espalda a su amigo de la manera más vil.

Por primera vez en su vida no podía soportar la idea de que ella lo supiera. No podía dejar que le odiara. La había obligado a casarse con él a base de amenazas porque creía que era lo correcto para el bebé, pero también lo había hecho porque creía que tenerla como esposa era una maniobra inteligente. Lo que ella sintiera no le había importado en absoluto.

Nico estaba de pie con los puños cerrados, observándola a través de la ventana. ¿Estaba enfadada? ¿Estaba llorando? Quería ir a su encuentro. Quería llevársela a la cama y ver cómo se oscurecían sus ojos con la pasión. Quería oír sus gritos de placer...

Tina se puso en pie en ese momento. Su hermosa silueta se recortaba contra la luz, tan perfecta y voluptuosa que despertaba el deseo en él con solo mirarla. Se volvió y entró en la casa. Nico contuvo el aliento unos segundos.

Pero ella siguió adelante por el pasillo. Unos segundos más tarde oyó el ruido de la puerta de la habitación al cerrarse.

No fue tras ella.

–Regresamos al Castello di Casari –dijo Nico.

Tina levantó la vista. Estaba sentada en el sofá con el ordenador portátil delante. Había hecho algunas operaciones financieras esa mañana. Había movido fondos y había intentado diversificarse un poco invirtiendo en algunos mercados tecnológicos que estaban en alza.

Tenía los periódicos financieros a su lado, pero aún no los había leído. Normalmente los leía durante el desayuno, pero ese día estaba demasiado preocupada. Los recuerdos de lo ocurrido la noche anterior la hacían ruborizarse una y otra vez.

Nico había entrado en la habitación muy tarde en la noche. Se había acostado a su lado y había apoyado la cabeza sobre un brazo. Ella había fingido estar dormida, pero al ver que no buscaba su abrazo, se había vuelto hacia él y le había puesto una mano sobre el pecho. Él había seguido sin darse por aludido, así que se había acercado aún más y había deslizado la palma de la mano sobre su abdomen plano.

Él se había estremecido al sentir el tacto de su piel y entonces se había vuelto hacia ella para estrecharla entre sus brazos.

–Tina –había dicho contra su cuello–. Tina.

Ella había extendido las manos sobre la suave piel de su espalda.

–Hazme el amor, Nico, por favor. Te deseo tanto... –le había dicho.

Lo que pasó después fue el encuentro más apasionado que habían tenido hasta ese momento. Nico veneró su cuerpo con calma y esmero, como si tuviera todo el tiempo del mundo para ello, como si estuvieran congelados en el tiempo. La besó por todas partes y deslizó la lengua entre los pliegues más íntimos de su sexo, chupando y lamiendo hasta hacerla gritar de placer.

Lo hizo una y otra vez, hasta hacerla suplicar, y entonces entró en ella, llenándola por completo. Pensaba que ya lo había experimentado todo con él, pero se había equivocado.

Todo era distinto cuando realmente se estaba enamorada, cuando se conocía el cuerpo del otro a la perfección. Todo era más intenso, más desgarrador... sobre todo cuando ese amor no era correspondido.

Tina levantó la vista. ¿Cómo había dejado que ocurriera? ¿Cómo se había enamorado?

Pensaba que no había bajado la guardia en ningún momento, pero sí lo había hecho.

—Me alegro de que regresemos ya —le dijo, a modo de respuesta a lo que acababa de anunciar—. La última vez que estuve no tuve tiempo de curiosear todo lo que quería.

Nico tenía ojeras bajo los ojos. Parecía que había trabajado demasiado duro ese día.

—Ya he terminado todo lo que tenía que hacer en Roma. Nos vamos después de comer.

Tina pasó el resto de la mañana muy ocupada haciendo las maletas y preparándose para dejar la ciudad. Le envió un mensaje de texto a Lucia y luego se pusieron en camino.

Esa vez, cuando el helicóptero sobrevoló las montañas y se dirigió hacia el imponente castillo situado en medio del lago, Tina reparó en todo aquello en lo que no se había fijado antes. El agua era cristalina y azul, de color turquesa en algunos lugares.

El cielo estaba despejado ese día. Las lanchas y los barcos se hallaban por toda la superficie del agua. La gente tomaba el sol en la cubierta de los yates y se cubrían los ojos con la mano cuando el helicóptero pasaba por encima de ellos.

—Qué lugar tan bonito. Seguro que te tienen mucha envidia porque vives en mitad del lago.

Él se rio.

—A lo mejor. Muchas veces he pensado que deberíamos hacer algún negocio turístico, pero eso fue antes de casarme contigo. Ahora prefiero que el castillo siga siendo nuestro pequeño refugio.

Tina miró por la ventanilla cuando el aparato comenzó a descender hacia el helipuerto. Las emociones que bullían en su interior eran abrumadoras. Tenía miedo de echarse a llorar si él la miraba. Al ver a Giuseppe le saludó con la mano. El mayordomo estaba al borde de la pista, rodeado de otros empleados del servicio.

Giuseppe le devolvió el saludo y Tina sonrió.

–Señora ... –le dijo, haciéndole una reverencia–. Enhorabuena y bienvenida de nuevo al Castello di Casari. Esta vez es usted la señora de la casa y estamos encantados de tenerla aquí.

–Gracias, Giuseppe –dijo Tina, sonriendo con entusiasmo.

Nico la rodeó con el brazo y la estrechó contra su cuerpo.

Giuseppe sonrió y les miró con afecto. Tina supo que el anciano había visto aquello que le era imposible ocultar.

–Me alegro mucho de ver a dos personas que están tan enamoradas. Seguramente muy pronto tendremos a un nuevo miembro en la familia, ¿no?

Nico se limitó a sonreír y le dio una palmadita en el hombro al mayordomo.

–A lo mejor, Giuseppe. Veré qué puedo hacer.

El mayordomo se echó a reír y entonces entraron en el castillo. Esa vez, no obstante, Nico no la llevó a la habitación contigua que había ocupado antes, sino a su propia habitación.

Una vez se cerró la puerta, la estrechó entre sus brazos y la besó. Comenzó a bajarle los tirantes del vestido.

–¿Qué estás haciendo, Nico? Van a traernos el equipaje –le dijo ella, riéndose al tiempo que él la besaba en el hombro.

–Para eso están los pestillos, *cara*. Además, le prometí a Giuseppe que empezaría con lo de hacer bebés.

–Bueno, creo que esa tarea ya está hecha.

Los dedos de Nico fueron a parar a la cremallera de su vestido. Comenzó a bajársela.

–Solo para asegurarme, creo que deberíamos desnudarnos de todos modos –dijo, bloqueando la puerta.

La tomó en brazos, la llevó a la cama y la desnudó por completo.

–Espera –dijo ella.

–¿Qué, *cara*? ¿Tienes algo que pedirme?

–No –contestó ella rápidamente–. Pero tu padre... eh... ¿No era esta su cama?

Nico se rio.

–Definitivamente no. Estaba en Florencia cuando pasó todo. Además, he pedido colchones nuevos para todas las habitaciones.

–Me alegra oírlo.

Él se inclinó y le lamió un pezón. Flechas de placer la recorrieron por dentro.

–Bueno, respecto a eso... Dime qué quieres de mí, Tina... lo que quieras.

Los días siguientes fueron gloriosos. Tina nunca había sido tan feliz. Era libre, como si pudiera ser cualquier persona que se propusiera ser. Se sentía valiente y atrevida, y era Nico quien la hacía sentirse así, como si pudiera comerse el mundo entero.

Empezaban cada día tomando el desayuno en la terraza. A veces iban a pasear por el jardín y otras veces iban a nadar en la piscina. Una vez salieron a navegar en el yate de Nico por el lago y pararon en uno de los pueblos para almorzar y hacer algunas compras.

Todas las noches se quedaban despiertos hasta tarde, haciendo el amor, viendo la televisión o trabajando en la cama con sus respectivos portátiles. Disfrutaban de una felicidad sencilla y doméstica.

Ese día habían estado nadando. Nico le había lanzado una de esas miradas que la derretían por dentro y habían pasado toda la tarde haciendo el amor.

Tina se despertó poco antes del anochecer. Estaba saciada y radiante. Se volvió hacia Nico, pero él no estaba ya en la cama. Frunció el ceño y se estiró.

Tenía que dejar de echarse la siesta y debía recordarle a él que no la dejara hacerlo. El móvil le sonó en ese momento. Era un mensaje de texto. Cuando el cielo estaba despejado recibía algún mensaje que otro. Tenía tres barras de cobertura, lo cual no estaba mal. El mensaje era de Faith.

¿Qué pasa? ¿Todo bien?, leyó y le contestó inmediatamente. *Claro. Todo bien*, tecleó.

Unos segundos más tarde, el teléfono volvió a sonar. *Renzo está preocupado por ti*, decía Faith.

Estoy bien, le contestó. El último mensaje de su cuñada, no obstante, la hizo contener el aliento.

Había una noticia en los periódicos que decía que te habían visto con Niccolo Gavretti en Roma hace unos días.

Tina sintió que se le caía el alma a los pies. Esperaba que pasara algo, teniendo en cuenta lo mucho que los tabloides perseguían a Nico.

Nico y yo nos movemos en los mismos círculos a veces. No es nada extraño que coincida con él en un evento.

Pasaron varios minutos hasta que recibió el siguiente mensaje, pero el teléfono sonó por fin.

Es peligroso, Tina. Te utilizaría sin escrúpulos con tal de llegar hasta Renzo. Ten cuidado.

Tina sintió un profundo dolor. Quería llamar a su cuñada y decirle que se equivocaba, pero seguramente no era una buena idea. Faith tenía la información que le daba su marido y sin duda se pondría de su parte. *Lo tendré*, escribió.

Faith le mandó unos cuantos mensajes más, incluyendo una foto del pequeño Domenico mientras dormía en su cunita. Tina se vistió, tomó los periódicos que no había leído por la mañana y salió a la terraza. La luz del sol del atardecer no era tan intensa y se estaba bien bajo la sombra de los laureles.

Eran periódicos especializados en finanzas, pero de todos modos los revisó en busca de alguna noticia relacionada con Nico. Cuando encontró una, se le encogió el corazón.

Disminución del volumen de negocio y cancelaciones de pedidos en Gavretti Manufacturing.

Leyó el artículo para asegurarse de que estaba entendiendo bien todo lo que planteaba el periodista y entonces fue a buscar a Nico. Llevaban días allí y él no le había dicho nada.

Le encontró donde esperaba, en su despacho de casa. Estaba sentado frente al escritorio, tecleando en su ordenador. Tenía tres teléfonos delante.

Al verla entrar, levantó la vista.

—¿Esto es verdad? —le preguntó sin más preámbulo, mostrándole el periódico.

—Todo no.

—¿Qué parte es verdad entonces?

Nico suspiró y se echó hacia atrás.

—Mi padre me dejó un desastre que arreglar y eso es lo que intento hacer.

—¿Saqueando tu propia empresa?

—Moviendo activos temporalmente.

Tina se sentó frente a él.

—Quiero ayudar.

Él sacudió la cabeza.

—Lo tengo todo bajo control. Tengo consejeros y un equipo financiero muy bueno. Nos estamos ocupando de ello.

—Ahora mismo eres muy vulnerable.

Los ojos de Nico emitieron un destello. Ambos eran conscientes de aquello que él no le decía.

–Un poco, sí. Pero, si intenta hacerse con el control de mi empresa, eso supondría un gran peso sobre D'Angeli Motors. No sería una maniobra muy inteligente por parte de Renzo.

–Y sin embargo, sea el que sea el problema que hay entre vosotros, parece que no obedece a ninguna lógica –Tina negó con la cabeza y masculló una palabrota–. ¡Sois tan testarudos...! ¡Los dos!

–Es complicado, Tina.

Ella golpeó el escritorio con ambas manos, sorprendiéndole.

–No es nada complicado. Habláis, resolvéis lo que hay que resolver y os vais cada uno por vuestro lado con la conciencia tranquila. Nadie dice que tengáis que volver a ser los mejores amigos, pero, por favor, hay un niño en camino y necesita a una familia unida, no a la mitad de la familia.

–El bebé nos va a tener a los dos. Con eso basta.

Tina negó con la cabeza enérgicamente.

–También tiene una tía, un tío, un primo, y una abuela que estaría encantada de mimarle si le dieran la oportunidad.

–Yo no voy a impedirte que les veas, Tina.

Tina podía sentir lágrimas en los ojos.

–No, pero tú tampoco quieres estar a mi lado. Me obligarás a elegir entre pasar tiempo contigo y pasarlo con ellos, siempre y cuando Renzo quiera verme después de enterarse de que me he casado contigo –Tina dejó escapar una carcajada histérica–. Dios mío, es como si mi hermano y tú os hubierais divorciado y tuvierais mi custodia compartida.

–No hagas un drama. No eres una niña.

–No, no lo soy. Pero todavía os qui... me preocupo por vosotros.

No podía decir que les quería, aunque quisiera hacerlo. No podría soportar que la mirara con ojos de pena cuando supiera lo que sentía. Sabía lo bastante sobre él como para tener claro que la palabra «amor» aún no estaba en su diccionario personal. Siempre sospecharía y desconfiaría. La falta de cariño de sus padres le había herido demasiado.

Tina se inclinó hacia delante y apoyó las palmas de las manos sobre el escritorio. Estaba decidida.

–Déjame ayudar, Nico. Sé lo que estoy haciendo y puedo ayudarte a conseguir que la empresa salga de los números rojos. Renzo no podrá hacer nada. Yo me aseguraré de ello.

Nico parecía sorprendido, pero su asombro no tardó en convertirse en enojo.

–¿Y qué vas a hacer? ¿Le vas a suplicar que no lo haga?

–No voy a suplicarle nada.

En un principio había pensado utilizar a Faith para que le presionara un poco, pero también tenía intención de inyectar capital en la empresa para que el negocio no le resultara tan apetitoso a su hermano.

Nico se puso en pie y masculló una palabrota.

–¿De verdad crees que voy a confiar en ti, Tina? Llevamos menos de un mes casados. Tenemos un bebé en camino y disfrutamos mucho con el sexo, pero tú has sido una D'Angeli toda la vida. Le debes lealtad a tu familia, no a mí.

Tina se sintió como si acabara de abofetearla. ¿Pero qué esperaba? Tenía motivos para sospechar, y ella también hubiera sospechado, de haber estado en su lugar. Se puso en pie y cruzó los brazos. Estaba furiosa, frustrada.

Le debía lealtad a su familia, pero Niccolo Gavretti también había pasado a formar parte de su familia. Eso era lo que él todavía no atinaba a comprender. Le amaba, y Renzo no necesitaba Gavretti Manufacturing.

—Sé por qué piensas eso, Nico. Me duele oírte decirlo, pero entiendo por qué lo haces —arrugó el periódico y lo tiró sobre el escritorio—. Y no creas que no me doy cuenta de que en parte te casaste conmigo para ganar influencia sobre Renzo.

Nico no lo negó.

Tina se sintió dolida, pero trató de convencerse de que no tenía importancia. Le conocía lo suficiente como para comprender que no confiaba en nadie. A pesar de su procedencia privilegiada, había estado muy solo y había aprendido a hacer lo que fuera para protegerse.

—No fue esa la única razón.

Tina negó con la cabeza.

—No, me he dado cuenta. Pero lo que tienes que entender es que a lo mejor yo soy lo que necesitas para salir de este lío, aunque a lo mejor no sales de la forma que te imaginabas.

Agarró un bolígrafo y anotó unas cifras en el cuaderno de notas que estaba junto al ordenador.

—Esto es lo que he hecho con mi dinero. Dime que podrías haberlo hecho mejor y no diré ni una palabra más.

Capítulo 12

¿CUÁL es el plan?

Tina levantó la vista y se lo encontró en la entrada de la pérgola, observándola. Estaba leyendo, o más bien trataba de leer. Estaba tan enfadada que le resultaba muy difícil concentrarse. Había salido a toda prisa de su despacho, y de la casa. Estaba furiosa y triste y necesitaba poner algo de distancia entre ellos.

Dejó el libro electrónico sobre la mesa y le miró a los ojos. Parecía más serio que nunca, infeliz. Tina sabía que no quería preguntarle nada, pero los números escritos sobre el papel no mentían. Se le daban bien las finanzas.

–Necesitas liquidez –le dijo–. Yo la tengo. Pondremos al día los pagos atrasados de los préstamos y así ganaremos tiempo para reestructurar la deuda. Y entonces, si me dejas analizarlo todo, seguro que se me ocurre una idea mejor para solucionar el problema.

Nico ni siquiera parpadeó cuando mencionó los pagos de los préstamos. Estaba claro que había investigado bien. El estado de las finanzas de su padre al morir estaba documentado, así que cualquier persona que se lo propusiera podía encontrar la información.

–¿Y qué te hace pensar que mis asesores financieros no me han sugerido ya alguna solución?

–Oh, seguro que lo han hecho. Pero está claro que la liquidez está saliendo de Gavretti Manufacturing. A lo mejor no estás haciéndole daño a la empresa, pero sí te estás poniendo en peligro. Alguien podría comprar tus préstamos y te quitaría la empresa. Tienes razón cuando dices que todavía no es tan fácil, pero seguro que el día no tarda en llegar, y llegará más pronto de lo que te imaginas.

Él la miró fijamente durante unos segundos y luego movió la cabeza.

–Tu hermano es tonto si no sabe aprovecharte.

Tina se encogió de hombros.

–No soy un genio. Solo se me da bien resolver este tipo de cosas.

Nico se sacó del bolsillo el papel en el que había escrito las cifras.

–No sé. Yo diría que esto es impresionante. No me extraña que insistieras tanto en Gibraltar.

Tina entrelazó las manos sobre su regazo.

–Es lo que más disfruto haciendo. Me lo paso bien con los números y me gusta arriesgar con ellos.

–Es evidente que se te da bien.

–Creo que sí.

Él dejó el papel sobre la mesa.

–De todos modos, no necesito tu dinero, Tina. Tu análisis es interesante y muy tentador, tengo que admitir, pero ya tengo un plan.

Tina sintió una gran decepción. No quería su dinero porque era dinero de la familia D'Angeli.

—Sigues sin confiar en mí.

Él soltó el aliento.

—No debería haber dicho eso.

—Pero es lo que sientes.

—¿Es que no lo has entendido ya? No confío en nadie.

Tina tragó con dificultad. Le dolía la garganta de tanto contener las lágrimas.

—Tienes que aprender a hacerlo, Nico. No todo el mundo es tu enemigo.

Él parecía más distante y frío que nunca, intocable.

—Hace tiempo aprendí que es más fácil vivir la vida como si todos lo fueran. Así nunca me llevo decepciones.

—Yo no soy todo el mundo. A mí me importas.

—Sí, pero... ¿por cuánto tiempo? —dio un paso hacia ella.

Tenía las manos metidas en los bolsillos y le brillaban los ojos como diamantes.

—Todo el mundo tiene un límite, Tina, incluso tú. Llevas días sin preguntarme qué pasó entre Renzo y yo. ¿Por qué? ¿Tienes miedo de que la verdad te haga cambiar de idea?

Nada más hablar, Nico se dio cuenta de que le había atravesado el corazón con sus palabras. ¿Pero qué podía pasar si averiguaba la verdad? ¿Le creería culpable?

Lo que más le inquietaba de todo era que su opinión le importaba. ¿Pero por qué?

Al principio había decidido casarse con ella por el bebé y también para ganar influencia sobre Renzo. Le daba igual lo que ella pensara de él siempre y cuando fuera una buena madre.

Pero en algún momento todo eso había cambiado. Se había convertido en una droga para él, y eso le preocupaba. Él no necesitaba a nadie. Se había asegurado de ello.

—No tengo miedo. ¿Tienes pensado decírmelo ahora? ¿O es que solo lo has dicho para dejarme con la duda?

—Es muy sencillo. Renzo y yo trabajamos en el diseño del prototipo durante meses. Yo le prometí que conseguiría el respaldo económico para hacer una versión de prueba de la moto.

Tina asintió.

—Recuerdo que estaba muy ilusionado. No hablabais de otra cosa.

Nico recordaba muy bien esos días. Era como si todo hubiera ocurrido el día anterior.

—Sí, bueno. El caso es que yo no pude cumplir mi promesa. Y además le traicioné. Gavretti Manufacturing había empezado a funcionar un año antes que D'Angeli Motors.

Tina se sorprendió. Eso no lo sabía.

—Eso es. Robé el prototipo. Construí la moto sin Renzo. Por eso me odia. Y por eso no deberías darme tu dinero.

Tina guardó silencio durante un largo minuto.

—No me lo creo –dijo finalmente.

—¿Por qué no, *cara*? Ya sabes que no confío en nadie. ¿Por qué no iba a robar el proyecto para mi propia empresa?

Tina apretó los puños.

—Puede que seas malo, Nico, o quizás has hecho que todo el mundo piense que eres malo, pero en realidad no eres esa persona. No robarías el prototipo habiendo pasado meses trabajando en él con mi hermano. Ya sabías lo que significaba para Renzo.

—¿Cómo puedes estar tan segura?

—Porque tú no eres así.

—Eso no lo sabes. A lo mejor soy exactamente así.

Tina se puso en pie y le fulminó con la mirada.

—No eres así, así que deja de intentar hacerme pensar que lo eres.

Algo se rompió dentro de Nico en ese momento, algo que ni siquiera sabía que estaba ahí. Una avalancha de emociones le golpeó con contundencia. Era incapaz de articular palabra. No podía hacer otra cosa más que mirarla.

Nadie había creído nunca en él de esa manera. Nadie se había empeñado en decirle que no era el hombre cruel que él mismo creía ser. Pero Tina D'Angeli estaba allí de pie, frente a él, y le decía que era un hombre mucho mejor de lo que creía.

Tina D'Angeli, la mujer a la que adoraba...

Una oleada de pánico le recorrió por dentro. ¿Cómo podía adorarla si al final ella le abandonaría?

Nico dio un paso hacia atrás. No la adoraba. La deseaba. Estaba confundiendo las dos cosas.

Ella parecía tan triste... Una lágrima se deslizó por su mejilla hasta caer al suelo. Quería estrecharla entre sus brazos y decírselo todo, pero no podía. No podía ser tan débil de nuevo.

Se dio la vuelta y se marchó.

Tina odiaba llorar, pero llevaba unas cuantas horas haciéndolo. Nico la había dejado sola en el jardín. Quería ir tras él y hacerle hablar, pero no había podido.

Estaba tan confundida... Él le había dicho que le había robado el proyecto a Renzo, pero no le creía, y estaba furiosa con él por no contarle el resto de la historia, por darse la vuelta y marcharse como un cobarde.

Era como si quisiera hacerla creer lo peor de él.

No supo cuánto tiempo pasó; media hora tal vez. De repente, oyó el ruido del helicóptero. Se puso en pie de golpe y echó a correr hacia el castillo, pero ya era demasiado tarde. Cuando subió las escaleras que llevaban al helipuerto, el aparato acababa de despegar y se dirigía hacia las montañas. No necesitaba que nadie le dijera que Nico iba en él. Se quedó allí de pie, con las manos entrelazadas, vacía por dentro.

La había dejado. Se había subido a ese helicóptero y la había dejado.

Regresó a su dormitorio y lloró y lloró durante horas. Trató de enviarle un mensaje de texto a Lucia, pero el teléfono apenas tenía señal.

Giuseppe le llevó la cena en una bandeja. Parecía confundido y ansioso.

—Son los negocios, señora —le dijo, como si así lo

explicara todo–. El señor volverá dentro de un día o dos. Estoy seguro de que debía de ser algo muy importante para que la deje durante la luna de miel.

–Gracias, Giuseppe –dijo Tina de manera automática.

Eran negocios, negocios importantes. A lo mejor a esas alturas estaba en algún local de Roma, buscando a una mujer con la que pasar la noche.

Ese pensamiento la hizo encogerse de dolor.

«No. Él no haría algo así».

Y tampoco había robado el prototipo. Eso era imposible. ¿Cómo iba a hacer algo así el hombre que se había pasado horas mirando páginas web sobre el embarazo y que le había mandado una colección de trajes de novia?

Sí tenía corazón. Sentía mucho las cosas, por mucho que intentara ocultar la realidad. Tenía miedo de sentir, miedo de amar. Y ella también tenía el mismo temor.

Tina frunció el ceño. ¿Por qué no le había dicho que le amaba? Era tan cobarde como él. Ese día era él quien había huido, pero ella llevaba mucho tiempo intentando escapar.

Ya era hora de poner fin a esa huida continua. A partir de ese momento le haría frente a la vida. Tenía que dejar de esconderse.

Decidida, abrió el ordenador y empezó a escribir unos correos electrónicos que lo cambiarían todo.

Le dio tres días.

Al ver que no volvía, hizo acopio de toda la valentía que le quedaba y le dijo a Giuseppe que quería el helicóptero.

–Sí, señora. Por supuesto –dijo el mayordomo, asintiendo con la cabeza, un tanto nervioso.

Se arrepentía de haber sido tan brusca, pero temía que Nico le hubiera dado órdenes para impedirle salir de la isla.

–Siento haber sido un poco brusca antes, Giuseppe –le dijo mientras esperaba a que aterrizara el helicóptero en la sala de espera acristalada.

–No se preocupe, señora. Echa de menos al señor. Lo entiendo.

El helicóptero la llevó al aeropuerto y después a Roma. No sabía si él iba a estar en la ciudad, pero sospechaba que era allí donde podía estar, teniendo en cuenta todos los problemas de Gavretti Manufacturing. Una vez aterrizaron, un coche la llevó al apartamento. Nico no estaba allí, pero el portero la reconoció y la dejó entrar cuando le dijo que había olvidado la llave.

Fue hacia el dormitorio. Él se estaba quedando allí. No había duda de ello. Regresó al salón e hizo un par de llamadas.

Menos de una hora más tarde la puerta se abrió y Nico entró en la casa. Estaba impecable con un traje azul marino y una camisa de raya diplomática. Llevaba los últimos botones desabrochados.

Parecía que estaba furioso, no obstante. Era evidente que el conserje le había llamado para avisarle de que estaba en el apartamento, tal y como le había pedido.

–¿Qué estás haciendo aquí, Tina? ¿Por qué no

me avisaste de que venías? Deberías haber viajado con seguridad.

Tina se puso en pie y le miró a los ojos. Tenía el corazón lleno de amor, pero temía enseñárselo.

—No robaste el prototipo, Nico. Quiero que me digas la verdad.

Él lanzó una maldición y fue a servirse un whisky.

—Es como si lo hubiera hecho. Fue culpa mía.

—¿Cómo?

Nico se sentó en una silla frente a ella y se frotó la frente.

—Le llevé una copia del proyecto a mi padre, para pedirle dinero. Él me lo negó. Me dijo que solo me apoyaría si hacía las motos para su empresa —bebió un sorbo de whisky—. Yo le dije que no. Pero él tenía amigos que seguían las carreras, así que les llevó el diseño, para buscar inversores. Antes de que me diera cuenta, ya tenían patrocinio para comenzar a fabricar las motos para Gavretti Manufacturing. Renzo no me creyó. Nos dijimos cosas horribles y yo me fui a trabajar para mi padre.

—Yo pensaba que era tu empresa.

—Se la compré hace unos años, pero al principio no lo era.

Tina parpadeó.

—Pero a él le daban igual las motos. ¿Por qué iba a intentar poner en marcha una fábrica para hacer motos?

Nico bebió otro trago de whisky.

—Codicia. Vio algo bueno en ese proyecto y quería sacarle rentabilidad. Tenía razón, pues la empresa ha tenido mucho éxito con ese negocio.

Tina apretó los puños sobre su regazo.

–Tienes que decirle todo esto a Renzo –los ojos de Tina emitieron un destello.

–Se lo dije todo, Tina. No me creyó –Nico se rio con sarcasmo–. Y no puedes culparle. Desde su punto de vista, yo le traicioné porque me creía mejor que él, porque yo era el privilegiado, el rico.

Tina avanzó y se arrodilló frente a él. Tomó una de sus manos.

–No –le dijo él, intentando que se pusiera de pie–. No te arrodilles en el suelo.

–Nico –dijo ella. Las lágrimas le constreñían la garganta–. Te creo. Te creo.

Él la hizo ponerse en pie y la abrazó. Ella hundió el rostro contra su cuello y respiró su aroma. Lo era todo para ella.

–Eres demasiado confiada, Tina –le dijo él, acariciándole el cabello–. Al final me fui a trabajar para mi padre. Un hombre mejor que yo no lo hubiera hecho. Un hombre mejor que yo no hubiera dejado que robara todo el trabajo que Renzo y yo habíamos hecho. Le pedí a Renzo que viniera a trabajar para mí. Pensé que aún podíamos llevar a cabo nuestro proyecto, pero él se negó e hizo lo correcto. El éxito de D'Angeli Motors lo demuestra.

Tina puso la palma de la mano sobre su pecho. Su corazón latía muy rápido.

–Los dos erais muy testarudos. Nunca debisteis dejar que esta rencilla se prolongara tanto en el tiempo.

–No se puede arreglar, Tina –le dijo–. Hay demasiado resentimiento entre nosotros a estas alturas. Hemos pasado demasiados años llenos de odio.

Sé que he dicho cosas, que he hecho cosas, que no se pueden perdonar.

Tina le dio un sentido abrazo.

—Ya veremos.

El timbre de la puerta sonó en ese momento. Tina respiró profundamente y se preparó para lo que se avecinaba. La tarde no iba a ser fácil.

Solo podía esperar que los dos hombres a los que más quería en el mundo no terminaran odiándola al anochecer.

Capítulo 13

RENZO estaba colérico. Faith le puso la mano sobre el brazo, como para recordarle que no podía hacer lo que estaba deseando hacer: darle un puñetazo a Nico.

Miró a Tina con ojos de preocupación y esta apretó los labios. Era ella quien lo había preparado todo y tenía que llegar hasta el final. Además, había involucrado a Faith al pedirle ayuda para preparar el encuentro.

–Esto es un golpe bajo incluso para ti, Nico –masculló Renzo–. No podías hacerme nada, así que decidiste ir a por mi hermana.

–Renzo –Tina intervino–. ¿No leíste el correo electrónico que te mandé? Nos conocimos en un baile de máscaras. No sabíamos quiénes éramos.

–Eso es lo que él quiere que pienses.

Tina puso los ojos en blanco.

–Los dos sois exactamente iguales. No me extraña que no quisierais hablar.

Nico estaba junto el mueble de las bebidas. No se había servido otra copa, pero estaba allí de pie, con las manos en los bolsillos, observándoles con los ojos llenos de furia. Parecía un animal acorralado, y peligroso.

–No hay nada de qué hablar, Tina. Ya ves lo que piensa.

Tina fue hacia su hermano y le tocó en el brazo.

–Renzo, por favor, hay un bebé en camino. Nico es mi marido ahora. Los dos habéis cometido errores, lo sabes. Y quiero que habléis de ello.

La expresión de Renzo no auguraba nada bueno.

–No puedes estar hablando en serio, Tina. A él no le importas nada. Esto es solo un juego para él.

–Hablo muy en serio. No es un juego.

Renzo lanzó un exabrupto.

–Estás loca. ¿Lo sabes?

Ella levantó la barbilla y le miró con toda la arrogancia que encontró en su interior. Le dolía oírle decir eso, pero tampoco iba a dejarse amedrentar.

–Tengo veinticuatro años, Renzo. Soy lo bastante mayor como para tomar mis propias decisiones. Ya no necesito que decidas qué es lo que más me conviene. Estoy casada con Nico y embarazada de él. Y eso no va a cambiar.

–Tina, por Dios, me traicionó. Nos traicionó a todos. Estuve a punto de no conseguir financiación para la empresa después de todo aquello. Si no lo hubiera conseguido, probablemente estarías sirviendo mesas en algún restaurante y haciendo malabarismos para llegar a fin de mes. Nuestras vidas no serían lo que son hoy en día. Trató de arrebatarnos todo esto, *cara mia*.

Tina se inclinó hacia él. Se sentía más luchadora que nunca.

–Si eso es lo que crees, es que eres un tonto.

–Renzo –dijo Faith con ese cadencioso deje sureño que la caracterizaba–. ¿Por qué no habláis los dos? Hacedlo por Tina. Al menos podéis ser cordiales el uno con el otro por ella, ¿no?

Renzo cerró los ojos y apretó la mano de su esposa.

–Muy bien, de acuerdo. Hablaremos.

Tina fue hacia Nico. El corazón se le salía del pecho. Nico estaba tan furioso como su hermano. Le agarró la mano y al ver que no se apartaba de ella, sintió algo de esperanza.

–Quiero que hagas esto por mí, Nico, por nuestro hijo. Por favor.

Los ojos de Nico emitieron un destello fugaz y entonces le apretó la mano.

–Por ti –le dijo y luego levantó la vista hacia Renzo–. Podemos hablar fuera, en la terraza.

–No –dijo Tina–. Faith y yo salimos. Vosotros os quedáis aquí.

–Hace mucho calor fuera, cielo.

–Nos sentaremos debajo de la sombrilla. Además, estoy segura de que ninguna de nosotras va a intentar tirar a la otra desde la azotea. Sin embargo, no estoy tan segura respecto a vosotros.

Cuando la puerta de la terraza se cerró, Nico se volvió hacia el hombre que le miraba como si quisiera matarle. En otro tiempo habían sido los mejores amigos, casi como hermanos, pero ya llevaban tanto tiempo siendo enemigos que casi recordaba esa época como si le hubiera ocurrido a otra persona.

–¿Quieres beber algo? –le preguntó.

Renzo negó con la cabeza. Nico se sirvió otra copa y se inclinó contra la barra.

–No me puedo creer que hayas ido a por Tina –dijo Renzo. Su voz sonaba grave y profunda–. Ella no tuvo nada que ver con lo que pasó entre nosotros.

–No –repuso Nico–. No tuvo nada que ver.

–Y, sin embargo, eso no te impidió ir a por ella.

De repente, Nico se sintió muy cansado de toda aquella pantomima. Se volvió hacia la ventana para mirar a Tina. Estaba sentada bajo la sombrilla con su cuñada. Era hermosa, apasionada, especial...

Creía en él y nada de todo lo que le había dicho y hecho había podido con esa confianza que le tenía. Esperaba que se fuera, que le odiara, pero ella no lo hacía. Le seguía a todas partes y le exigía que se enfrentara a su pasado para poder mirar hacia el futuro.

Y él quería hacerlo. Por ella, era capaz de hacer cualquier cosa. Haría cualquier cosa por verla sonreír, por tenerla a su lado de nuevo.

Ese extraño sentimiento que se había apoderado de él en el jardín unos días antes le invadió de nuevo. Sin embargo, esa vez no fue capaz de ahuyentarlo fácilmente.

Era amor. La amaba, y la sensación le sorprendía. Nunca había amado a nadie.

Se volvió hacia Renzo.

–La quiero, Renzo –dijo sin más–. Me da igual que me creas o no, pero es la verdad. Estoy dispuesto a hacer lo que sea para hacerla feliz. Y, si eso significa que tengo que hablar contigo, entonces lo haré durante todo el tiempo que haga falta.

Renzo pareció desconcertado durante una fracción de segundo.

—¿Por qué debería creerte?

—Me da igual que me creas o no. Que me creas o que no me creas no cambia la verdad de lo que siento.

Renzo soltó el aliento con exasperación.

—Dios mío, eres increíble. De alguna forma, las has hecho creerse las mentiras que dices. Y no creas que no sé que haces todo esto para proteger tu empresa. He oído rumores sobre los problemas de Gavretti Manufacturing. Crees que no voy a destruirte por mi hermana. Bueno, yo no apostaría por ello, Nico.

—Una vez me dijiste que las motos no eran mi pasión de la misma forma que lo eran para ti. Tenías razón. Yo disfruto con lo que hago, pero no es mi vida. Si quieres arrebatármelo para demostrarme algo, adelante.

—No hablas en serio.

Nico sacudió la cabeza.

—Te equivocas. Y te digo más. Te diré exactamente cómo puedes destruirme, si es eso lo que quieres —se volvió hacia Tina de nuevo—. Llévatela de mi lado, Renzo. Así es como puedes destruirme.

Renzo no dijo nada durante unos segundos.

—Si me estás mintiendo... —no terminó la frase, sino que masculló una imprecación.

—Ya no quiero pelearme más contigo. Nunca debí irme a trabajar para mi padre. Debería haber encontrado otra manera. Debería haber volado la fábrica antes de que saliera la primera moto de la cadena de montaje, pero no lo hice. He cometido errores. Y me arrepiento de ellos. Pero no voy a dejar que esos errores le hagan más daño a la mujer que amo.

Renzo miró a Nico con ojos de rabia.

—Si le haces daño, haré que te arrepientas de haber nacido.

—Si algo llegara a pasarle a Tina, no tendrás que hacerlo.

No hablaron durante tanto tiempo como esperaba Tina, pero por lo menos pasaron unos veinte minutos encerrados en el salón. Faith le dio un abrazo a Tina y le prometió que la llamaría pronto. Renzo la esperaba en la puerta, más pensativo que cuando había llegado.

—*Ciao,* Tina —dijo en voz baja.

Abrió los brazos y Tina le abrazó con fuerza. Él le dio un beso en la frente.

—Si te hace feliz, entonces yo estoy contento.

—Siento haberte causado tanto dolor, Renzo. Pero te quiero. Y quiero a Nico también.

—Pronto nos veremos, ¿no? Domenico ha crecido mucho. Te sorprenderás cuando le veas.

Tina se secó las lágrimas, riendo al mismo tiempo.

—Lo estoy deseando.

Renzo y Faith se fueron entonces. Tina se volvió hacia Nico. Ya no estaba junto a la puerta de la terraza. Estaba fuera, absorto en sus pensamientos.

Fue hacia él. Su corazón palpitaba frenéticamente. Sabía que estaba enfadado con ella, pero esperaba que la perdonara, tal y como había hecho Renzo.

El sol descendía en el horizonte y las sombras se alargaban sobre la terraza. Al otro lado de la calle una anciana tendía ropa en el balcón.

Nico se volvió, como si la hubiera sentido acercarse. Lo que vio en sus ojos la hizo contener el aliento.

—Lo siento, Tina.

—¿Qué hay que sentir? He sido yo quien te ha obligado a pasar tiempo con mi hermano.

Él respiró profundamente.

—Siento haberte dejado. Siento haber dudado de tu confianza. Lo siento todo.

—Bueno, no todo, espero —Tina respiró profundamente—. Me sentiría mal si me dijeras que sientes no poder tener las manos quietas cuando estás a mi lado.

Nico sacudió la cabeza.

—Eso no lo siento —dijo, y la estrechó entre sus brazos.

—Yo tampoco lo siento —Tina suspiró y apretó la mejilla contra su pecho—. Voy a demostrarte que las cosas pueden salir bien entre nosotros.

Él levantó una mano y le apartó el pelo de la cara.

—Eso ya lo creo.

—¿Ah, sí? —Tina levantó la vista hacia él. Todo su cuerpo se llenaba de esperanza.

La sonrisa de Nico lo iluminó todo a su alrededor.

—Te quiero, Tina. Y creo que no hay nada que no puedas hacer cuando te lo propones.

—¿Me quieres? ¿De verdad?

—Sí.

—Oh, Nico, yo también te quiero —dijo, y se le llenaron los ojos de lágrimas.

—Lo sé.

—Pero nunca te lo he dicho. ¿Cómo lo sabías?

Él se rio.

—Te enfrentaste a tu hermano y le dijiste que me creías. Creo que incluso llegaste a llamarle tonto —le dio un beso en la punta de la nariz—. Lo disfruté mucho, por cierto. Pero también me defendiste con vehemencia y no te dejaste achantar, ni siquiera cuando yo intenté disuadirte.

—Claro. Porque te quiero.

—Sí, eso pensé. O me querías o estabas loca. Escogí la opción que más me convenía.

Tina cerró los puños sobre su camisa.

—Yo solía desear esto cuando era una adolescente. Tú y yo, casarnos... pero en realidad no sabía qué significaba todo ello. Solo sabía que tú eras perfecto y que quería que me quisieras.

Él sacudió la cabeza.

—Nunca he sido perfecto, pero voy a esforzarme mucho durante el resto de mi vida para ser el mejor hombre posible, para ti y para nuestros hijos.

Tina se echó a reír. Una lágrima se le escapó de los ojos y corrió por su mejilla.

—Ya eres el mejor hombre que se puede ser, Nico. Siempre lo has sido. Y lo mejor que puedes darme es muy, muy bueno.

Él bajó la cabeza y la besó con fervor.

–Quiero gritar a los cuatro vientos que te quiero. Es más... ¡Amo a Valentina D'Angeli Gavretti!

La anciana que estaba tendiendo la ropa se detuvo.

–*Brava, amore.*

Otros empezaron a gritar. Tina se echó a reír y a llorar al mismo tiempo. Trató de esconderse detrás de Nico. Él le agarró la mano y la hizo entrar.

–Te quiero –le dijo, rozándole la piel con los labios al tiempo que le quitaba la ropa–. Te quiero...

Tina no lo dudó ni por un instante.

Epílogo

TINA levantó la vista de la pantalla del ordenador cuando Nico entró. Tenía a su hijo en brazos. La cabecita del pequeño rebotaba contra el pecho de su padre mientras intentaba no quedarse dormido.

–¿En qué estás trabajando? –le preguntó él.

–En los últimos pronósticos. Creo que vas a tener buenos beneficios, *caro*.

Nico le dio un beso en la frente.

–Gracias a ti, mi preciosa gurú financiera.

A lo largo del año anterior, habían logrado inyectar el capital que hacía falta en Gavretti Manufacturing, habían vendido algunos activos y habían sacado a la empresa de los números rojos. Fiel a su palabra, Nico le había dado trabajo en el departamento de contabilidad de Gavretti y le había dado acceso a sus cuentas y a todos sus proyectos de negocio.

Como Tina era una esposa y una madre atareada, a veces trabajaba en casa, pero le encantaba su trabajo. Cada día tenía miles de millones en valores a un «clic» de distancia, y la sensación era muy agradable. Estaba orgullosa de lo que había logrado y esperaba algo incluso mejor del futuro.

–Faith ha llamado –dijo mientras Nico mecía al

bebé en los brazos–. Quieren que vayamos a cenar mañana.

–Entonces iremos.

Tina sonrió. No había sido un año fácil para su hermano y para Nico, pero estaban aprendiendo a tolerarse el uno al otro. A lo mejor ya empezaban a caerse bien de nuevo, pero aún era pronto para saberlo con certeza.

–Te quiero, Nico –le dijo Tina, dándole un abrazo.

–Más te vale. ¿Qué otro hombre se levantaría en mitad de la noche para darle de comer al bebé mientras su esposa duerme?

Tina conocía a unos cuantos, entre los que se encontraba su hermano, pero prefirió guardar silencio.

–Creo que está dormido –murmuró.

Nico bajó la vista.

–Sí.

Llevaron al bebé a su habitación y le acostaron en su cunita. Nico la tomó de la mano y se quedaron allí unos segundos, observándole, viendo cómo respiraba.

–Es lo más perfecto que he hecho jamás.

Tina le rodeó con los brazos y le dio un beso en la mandíbula.

–Estoy segura de que hay otro par de cosas que haces muy bien.

Él se volvió y se abrazó a ella. Sus cuerpos estaban completamente unidos y Tina podía sentir la evidencia de su deseo por ella. De repente sintió el roce de sus labios por el cuello y contuvo el aliento.

–¿Cuáles son esas cosas? –le susurró él al oído–. Las haré para ti.

Tina se estremeció.

—A lo mejor necesitas prepararte un poco, porque va a ser una noche muy larga.

Él se rio suavemente.

—Cuento con ello, *amore mio.*

Bianca

**Se olvidó completamente del secreto que escondía
y que podría destruirlos a ambos…**

Condenado a la ceguera, Declan Carstairs era un hombre atormentado. Consumido como estaba por la culpa, no veía salida alguna a la negra trampa en que se había convertido su vida. Solo una cosa le motivaba: encontrar a la mujer responsable de la muerte de su hermano, y del accidente que le privó de la vista.

El ama de llaves Chloe Daniels se negaba a compadecerse de su terriblemente atractivo jefe, pero tratarlo como lo que era, un hombre perfectamente capaz, no tardó en revelarse peligroso…

Remordimientos

Annie West

Acepte 2 de nuestras mejores novelas de amor GRATIS

¡Y reciba un regalo sorpresa!

Oferta especial de tiempo limitado

Rellene el cupón y envíelo a
Harlequin Reader Service®
3010 Walden Ave.
P.O. Box 1867
Buffalo, N.Y. 14240-1867

¡Si! Por favor, envíenme 2 novelas de amor de Harlequin (1 Bianca® y 1 Deseo®) gratis, más el regalo sorpresa. Luego remítanme 4 novelas nuevas todos los meses, las cuales recibiré mucho antes de que aparezcan en librerías, y factúrenme al bajo precio de $3,24 cada una, más $0,25 por envío e impuesto de ventas, si corresponde*. Este es el precio total, y es un ahorro de casi el 20% sobre el precio de portada. !Una oferta excelente! Entiendo que el hecho de aceptar estos libros y el regalo no me obliga en forma alguna a la compra de libros adicionales. Y también que puedo devolver cualquier envío y cancelar en cualquier momento. Aún si decido no comprar ningún otro libro de Harlequin, los 2 libros gratis y el regalo sorpresa son míos para siempre.

416 LBN DU7N

Nombre y apellido	(Por favor, letra de molde)
Dirección	Apartamento No.
Ciudad	Estado Zona postal

Esta oferta se limita a un pedido por hogar y no está disponible para los subscriptores actuales de Deseo® y Bianca®.
*Los términos y precios quedan sujetos a cambios sin aviso previo.
Impuestos de ventas aplican en N.Y.

SPN-03   ©2003 Harlequin Enterprises Limited